Uwe Johnson

Karsch, und andere Prosa

Nachwort von
Walter Maria Guggenheimer
Vorschläge für Johnson-Leser
der neunziger Jahre
von Norbert Mecklenburg

Suhrkamp

Umschlagfoto: Hans-Jürgen Wohlfahrt

suhrkamp taschenbuch 1753
Erste Auflage 1990

Druck: Nomos Verlagsgesellschaft, Baden-Baden
Printed in Germany
Umschlag nach Entwürfen von
Willy Fleckhaus und Rolf Staudt

1 2 3 4 5 6 – 95 94 93 92 91 90

Karsch, und andere Prosa

Osterwasser

Im Frühjahr nach dem Krieg sah Cresspahls Tochter in dem mannshohen Spiegel neben der Küchentür eine dürre langbeinige Gestalt vorbeistaken. Da fiel ihr das Osterwasser ein.

Sie ging in den Spiegel hinein, bis sie den Rahmen mit beiden Händen halten konnte, und näherte ihren besorgten Blick dem Sattel Sommersprossen, der auf ihrer Nase den Winter überstanden hatte. Sie suchte mit dem einen Auge im andern zu lesen, ob man mit dreizehn Jahren zu erwachsen war für Osterwasser. Ihr Kopf rutschte schräg, bis sie mit langer Zungenspitze deren Bild hinter dem Glas anstoßen konnte so behutsam wie die Katze, die ihr eben durch den Sinn schlich.

Mitten im Sprung durchs Fenster kam ihr Zweifel. Osterwasser mußte man holen am ersten Feiertag vor Sonnenaufgang, aus einer Quelle, und sprechen durfte man kein Sterbenswort, sonst verlor es die Wirkung. Die Wirkung versprach Schönheit für die Haut, die damit gewaschen war.

Eine Quelle bei Jerichow wußte sie aber nicht. Die schwächlichen Grabenflüsse kamen alle tief aus Mecklenburg. Sie zog ein Bein hoch und überlegte mit den Zehen, ob auch gehendes Wasser zu Ostern kräftig wurde. Zu ihrer Freundin Inge mochte sie deswegen nicht gehen, nachdem sie neulich von Inges Großmutter ein Marmeladenbrot angenommen hatte und beide ihr beim Essen so aufmerksam zusahen. Wenn Gesine still saß wie jetzt auf dem Fensterbrett, und die Gedanken blieben stehen und hielten die baumelnden Beine an, fühlte sie sich leer in der Mitte. Sie schluckte eben, als sie Schritte hinterm Haus kommen hörte. Sie sprang hinaus. Ihr Vater hielt mehr von Türen.

Aber wer heutzutage in Cresspahls Haus durch die Türen ging, konnte nicht in Ruhe überlegen, ob vielleicht die Ostsee auch eine Quelle war. Vor den Türen mußte heutzutage angeklopft werden, weil hinter ihnen die Flüchtlinge kochten, wuschen, halbnackt waren, schliefen, und noch beim Durchqueren der Küche mußte die Tochter des Hauses ein Wort abgeben, damit die Vertriebenen sich nicht angefeindet fühlten. Sie mochte auch nicht angeredet werden oder fremde Hände auf dem Kopf, außer von Jakobs Mutter, die das Mädchen aber nicht anrührte. Die Tochter des Hauses lief aufwärts durch den toten Garten hinter den Trockenschuppen der Ziegelei und kletterte nach oben auf die Stufen der halb abgetragenen Mauer. Über den Spitzen des Holunders sah sie den blassen Jungwuchs der Wiesen mit Altgras verfilzt. Hinter den Koppelzäunen wischte die Luft das kahle Bruch in eins. Fingerschmal standen im Westen die Schloßwälder, durch die Gräben gingen mit dem Wasser von den Seen.

Am Sonnabend vor dem Fest war Jakob von den Bauern zurückgekommen und packte in der Küche aus der schwarzledernen Kastentasche langsam auf den Kacheltisch. Sie kam mit dem Holzkorb herein, warf ihn an den Herd und wartete gebückt halb umgewandten Kopfes, weil er sechs Jahre älter war und erwachsen. Er sagte na und du. Sie packte ihre Beine auf den Schemel und schaukelte in den Knien, stützte sich zum Tisch hinüber. Er hatte ein abgezogenes, ausgenommenes Kaninchen mitgebracht, einen Klumpen Butter, einen ungleichmäßigen Kristall roten Viehzuckers, Eier. Ein Ei rollte abseits zu ihrer Tischecke, fing sich in ihrer rasch aufgestellten Hand, die es zurückschickte. Jakob drehte es mit dem Finger wieder in Bewegung zu ihr und sagte: Mit Zucker, kennst du das? Gesine setzte das Ei auf die Spitze, ließ es stehen, polkte mit fünf Fingern am oberen Schalenende und fragte Jakob, wie sie zu Hause Osterwasser geholt hätten.

Jakob saß krumm da. Er war zwei Stunden zu Fuß gegangen. Er hatte Staub im Gesicht. Er war so alt, daß er für seine Mutter das Essen verdienen konnte und für ein fremdes Mädchen noch ein Ei. Mit Zucker hatte sie noch nie eins gegessen. Sie schloß die Augen, legte den Kopf zurück und ließ sich das Ei in den Hals laufen, während Jakob erzählte, daß das Osterwasser in Pommern aus einer Quelle oder fließendem Wasser geholt worden war. Man mußte es trinken oder sich damit gewaschen haben, bevor der Osten heller war. Man durfte kein Wort sprechen, und es hatte für Gesundheit und Schönheit gegolten. – Soll ich dich wecken? fragte er.

Sie hatte im vorigen Jahr verschlafen, schwenkte aber leicht den Kopf, der an dem schmutzfleckigen Ei sog, und sah aus spaltoffenen Augen zu ihm hin. Er hatte den Blick gar nicht gewandt. – Sprich ja nicht: sagte er. Er sah etwas neben ihren Augen. Dann kam die Lehrerin aus Westpreußen in die Küche und fragte nach Cresspahl, während sie öfter zu dem blutstreifigen Kaninchenkörper und zu den Eiern hinblickte. Gesine mochte nicht zusehen wie er der Frau nichts abgab und ging mit dem leeren Korb zurück zum Holzplatz.

In der schwarzen Nacht lag sie wach und zählte die Stundenschläge aus ihres Vaters Zimmer. Vom offenen Fenster kam es kalt. Einmal fuhr sie auf, weil die Katze am Fußende des Bettes heftig den Kopf gehoben hatte. Das einjährige Russenkind der Lehrerin weinte im Schlaf, und die Wände redeten unruhig. Nach Mitternacht fing der Wind an und rüttelte die Fensterhakenaugen in den Zapfen. Eine Dachpfanne klirrte kurz an der Wand des Ziegeleischuppens herunter. In Pommern war Osterwasser auch für Gesundheit. Wenn der Hunger wehtat, hörte er auf gesund zu sein. Hoffentlich machte Jakobs Mutter die Eier nicht zum Verstecken, sondern briet sie richtig in der Pfanne, die so heiß und fettig war, daß der Rand die Schalen schnitt wie ein Messer. Als sie aufwachte, war es draußen grau.

Sie tat alles auf Zehenspitzen, weil Cresspahl ihr verboten hatte, in einem Kleid aus dem Haus zu gehen. Sie nahm das grünsamtene, mit dem ihre Tante Papenbrock vor vierzig Jahren zum Konfirmandenunterricht gegangen war. Aus den Holzpantoffeln stieg sie leise wieder aus. Vor dem Spiegel griff sie sich mit beiden Händen die Haare hoch und versuchte, am Gesicht entlang sich in den Nacken zu blicken. Das ins Sand-

graue verschossene Kleid hing in breiten Falten zu einer Glocke an ihr herunter, der Kragen flappte lumpig, und mit dem schwer verschatteten Gesicht auf dem mageren Hals kam sie sich fremd vor wie ein Gespenst. Schnell ließ sie das Haar fallen, behielt die Hände oben und gab sich mit beiden abgespreizten Daumen das Zeichen: Nicht sprechen. Keine Angst.
Als sie unbemerkt zwischen Koppelzaun und Ziegelei auf den Feldweg gekommen war, fing sie an zu laufen mit dem bauchigen Eimer in der Hand. Neben der Karrenspur hatten die Kühe sich einen Steig getrampelt, der war so breit wie ihr Fuß lang, und sie konnte laufen wie die Kühe ein Bein vor das andere schwingen und die Füße setzen. Die Pfadränder waren noch nicht abgetreten, das dickbetaute Gras wischte ihr die Beine naß bis unter die Knie.
Nicht lange, und ihr Arm wurde den Eimer müde, fiel und schlug ihr die scharfe Standkante ans Bein. Sie hielt fast augenblicklich an und sah sich um. Sie war kaum vorangekommen. Die Stadt ließ sich noch nicht in einem Blick umfassen, Cresspahls Haus stand deutlich, von der Villa dahinter kam Fensterlicht. Am Ziegeleischuppen bewegte sich etwas Langes, das lebte, kroch auf den Koppelweg vor, glitt weg. Sehr langsam wandte sie den Kopf wieder nach vorn. Das fahle Licht schien immer stärker, nahm den Wiesen, den Weiden, den fernen Wäldern, dem Himmel, ihren Füßen im Gras, allem die Farbe. Osten war hinter ihr.
Die Sonne lief ihr nach, sie mußte schneller sein. Eine Zeit lang war es lustig, den Eimer im vollen Lauf von einem Arm zum andern zu schwingen. Nur über die

Koppelschleete kam sie langsam, und erst beim letzten hatte sie begriffen daß der Eimer zum Werfen war. Da war sie schon um das Bruch herum. Es gab einen Weg hindurch, aber im Bruch hatte sich eine alte Frau mit drei Kindern ertränkt, als die russischen Truppen für den nächsten Tag angesagt waren. Auch Neugeborene wurden dahin gebracht. Kurz, sie hätte da jemanden treffen können, und sie durfte doch nicht sprechen.

Nach einer Stunde war sie anderthalb Stunden von Jerichow entfernt und stand mit halbnassem Kleid, sandbespritzten Beinen vor dem Eingang zum Schloßwald. Sie ging auf Zehenspitzen hinein. Die Kiefern standen so starr. Die Kronen verdunkelten den stillen Raum zwischen den Stämmen. Der Fußweg lag voller Nadeln, rostgelb und grün, Zapfen, dünnem Astbruch, als sei da niemand gegangen. Die Schritte donnerten in ihren Ohren. Sie nahm den Eimer unter einen Arm und hielt mit der anderen Hand den Henkel fest, damit er nicht mehr klapperte.

Die Schneeschmelzen und Regen aller Jahre hatten tiefe Mulden in den Weg gewühlt, er ging auf und ab, Gebüsch wuchs ihn zu an den Seiten, und der Stern schien ihr wieder dunkel wie die Nacht. Der Stern war eine Kreuzung von drei Fahrwegen und zwei Fußwegen. Der Försterweg stieg so steil an, daß er auf den freien Himmel führte. Sie nahm den schrägen Steig zum Wehr, überhängende Äste schlugen zu, Büsche jagten sie. Später wußte sie nicht mehr, ob sie den Rauch eher gesehen oder eher gerochen hatte. Er war so plötzlich vor ihr, als sei sie in die Russen hineingelaufen. Hohe kantige Tarnzelte standen vor ihr, verstellt durch blattloses Unterholz. Atemlos steif setzte sie einen Fuß hinter den andern rückwärts. Die Wache saß über ihr auf dem Hochstand. Es war ein Soldat allein. Er legte den Karabiner quer, damit er sich vorbeugen konnte über das Mädchen mit dem riesigen Eimer, das sich jetzt langsam in den Hüften wegdrehte, das Biwak im Blick hielt, die nackten Füße mit den Zehen zuerst aufsetzte, Astzeug umtrat, endlich völlig umgewandt starrstand, Atem holte, lief. Der Soldat fingerte den Zigarettenstummel aus der hohlen Hand, führte ihn zum Mund, sog so schwer als seufzte er. Jetzt hätte man unter ihm durchgehen können, ohne daß die verkniffenen Augen unter den verkniffenen Brauen sich gerührt hätten.

Das brachte ihr den Umweg über die Försterei ein, der bog fast ganz um die Hügelkuppe, und im Tal des Gräfinnenwalds zwischen den Buchen erwischte sie einen Blaubeerensteig, der am dritten Graben aufhörte. Über die ersten beiden hatte sie springen können. Hier war noch der Abdruck des Rundholzes zu erkennen, das quergelegen hatte. Das Wasser roch faulig, stand still. Sie schleuderte den Eimer in die lichteste Stelle des Gesträuchs auf der anderen Seite, lief ein paar Schritte zurück und sprang. Ein Fuß sackte ihr sehr lange weg in den morastigen Grabenrand, und als sie sich hochgerobbt hatte, wäre sie am liebsten so liegen geblieben. Und sie hatte so viel Zeit verloren. Sie dachte ein Schimpfwort so herzlich, daß sie einen Augenblick lang fürchtete gesprochen zu haben.

Sie saß eben halb und hatte einen Arm zum Eimer hingestreckt, als sie den Mann sah. Seine große hängende Hand zuckte. Die schweren Soldatenhosen standen dicht bei ihren Händen, an ihrer Schulter, über dem grasfleckigen Hemd sah sie harte Bartstoppeln einzeln. Das Gesicht war sanft, unbewegt, nicht einmal ihr zugeneigt. Krumm gebogene Finger strichen Haar aus der Stirn, kreideweiche Stimme sagte etwas.
Sie schüttelte nicht einmal den Kopf, wirbelte auf den Rücken, stand, ging rückwärts, die Lippen fest verschlossen. Als ihre Fersen den Grabenrand spürten, war sie versucht hinter sich zu sehen. Der Mann hatte seinen Stand nicht gerührt, hielt sie mit den Augen fest, sein Mund hing verzogen.
Er stand im Weg. Die Wegmündung, sechs Schritt breiter Grasflecken, ließ ihr nicht Platz für einen Anlauf nach drüben. Das Erlenholz stand zu dicht und würde sie abprellen, wenn sie ausbrach. Sie trat einen halben Schritt seitwärts. Der Mann trat einen halben Schritt seitwärts.
Sie warf sich mit dem Rücken gegen seine Knie, als er ansetzte, aber im Fallen griff er sie, zog sie über sich, legte sich behaglich zurecht unter ihr und fing an, ihr an den Ohren entlang zu streichen, als spürte er ihre stoßenden Knie nicht. – Mädchen: sagte er, – Mädchen, wie ein Überraschter, staunend. Sie merkte Jakob schon auf der anderen Seite aus den Büschen treten, als sie den Kopf halb aus dem breithändigen Griff zwängen und zubeißen konnte. Sie kam nicht frei. Der Sprung drückte Jakob neben ihnen in die Knie, er federte hoch, stieß den Liegenden mit steifem

Fuß gegen den Hals, riß sie hoch und warf sie mit einer Hand rücklings in die Erlen.

Vorgebeugt mit hängenden Armen sagte er etwas. Sie verstand nicht. Der andere lag, blickte starr, stemmte die Ellenbogen auf, stieß im Aufsprung Jakob von den Füßen, bückte sich über ihn, bekam Jakobs Knie ans Kinn, riß ihn im Fallen über sich, würgte Jakobs Hals, stöhnte unter ihrem Fußtritt, hatte losgelassen. Jakob stand wieder. Der andere griff sich mühsam hoch an den dünnen Stämmen, richtete sich krumm auf. Diesmal schlug Jakob zuerst, gegen Kinn, Hals, Schläfe, Augen, bis die torkelnden Bewegungen des anderen zusammenfielen. Jakob zog ihm die Hände unter dem Körper hervor, band sie zusammen mit Peitschenriemen aus der Hosentasche, riß den Eimer aus dem Gebüsch und hielt eben die Fingergabel vor die Lippen, als Gesine den Mund aufmachen wollte.

Er ging voran. Nach ein paar Metern wandte er den Kopf und winkte sie vorwärts um die Wegbiegung. Sie kamen an eine tote Feuerstelle, neben der eine Aktentasche lag, ein Kochgeschirr, offene Konservendosen, Decken der Luftwaffe. Jakob ging einmal um die schwarzgraue Asche herum, nahm eine Dose in die Hand, stellte sie zurück. Er atmete schwer. Dann sah er die Maschinenpistole, griff sie am zerkerbten Schaft hoch, schwenkte fragend das Gesicht. Gesine fing an zu gehen.

Als sie anfing zu weinen, nahm er sie an der Hand und zwang sie zum Laufen. Der gleichmäßige Trab brachte ihren Atem in Ordnung, im Vorholz hat sie (glaubt sie) nicht mehr geweint. Dann kamen sie auf

die Schilfwiese, sahen über Knickstufen, Zäune, ausgebleichte Wiesen die graue See und grau den großen Graben darauf zukriechen. Jakob blieb stehen.
Vom Wehr aus sah sie ihn auf einem Koppelpfahl hocken, mit ausgestreckten Beinen, das Gesicht gekehrt gegen das Vorholz, hinter dem Jerichow war. Die Kälte des rostigen Eisenstegs brannte ihre Sohlen. Über die Wiesen kam harter Wind herangefegt. Sie zog sich das Kleid über den Kopf und hangelte sich am Steggeländer in das schwarzklare Wasser bis an die Schultern. An einem Arm hängend wischte sie sich eine Handvoll Wasser ins Gesicht, stemmte sich zitternd hoch mit den Beinen, kroch keuchend zurück ins Kleid, dem rasch dunkelgrüne Flecken durchschlugen. Als sie mit dem leeren Eimer an der Hand neben Jakob ankam, wurde das verwischte Meerende haarbreit kantig, scharf, hell. Als sie um das Vorholz herumgelaufen waren, zitterte der Bischofsmützenturm schon im Tageslicht.
Sie waren vor dem Frühstück am Haus. Sie lag schon im Bett, als Cresspahl durch die Tür sagte, wach, mürrisch: Zieh dir ja Hosen an, du. Er ließ sie aber schlafen, bis Inge kam.
Inge kam, mit der sie vor Zeiten einmal befreundet gewesen war, und erzählte vom Kirchgang. Sie hatte auch Osterwasser holen wollen, aus dem Bruch, aber schon vor dem Haus hatte ihr Heini Lang aufgelauert und Fratzen geschnitten, bis sie gelacht hatte. Lachen bedeutet ja noch nichts, aber Reden bedeutet, und sie hatte Heini Lang ja angeschrien, den.
In der Woche nach Ostern wurde in die sowjetische

Kommandantur gegenüber Cresspahls Haus ein deutscher Soldat gefahren, den die Russen westlich vom Gräfinnenwald aufgegriffen hatten. In der Stadt wurde erzählt, er sei aus der Gefangenschaft gelaufen. Er war so kaputt vom Krieg, daß er sich nicht in sein Dorf traute und Wochen lang im Wald davor kampiert hatte. Der war durcheinander, den haben sie weggebracht, hat wirr geredet.
Den vergaß sie. Aber lange später noch trieb das Datum von Ostern, ein geöffnetes Fenster, davor rasch ins Frühjahr laufende Luft ihr Herz so schnell wie das des Mädchens, das bei Cresspahl am Tisch saß, mit einer Hand im wassersträhnigen Haar den Widerschein des Blicks in Jakobs Gesicht las und sich gesagt sein ließ, daß Weinen gegen Osterwasser nicht bedeutet, damit du schön wirst, gut zu sehen.
Es hatte Spiegeleier gegeben mit Speck und Bratkartoffeln. Sie war so satt, die Augen fielen ihr zu.

Beihilfe zum Umzug

Grete Selenbinder war eine der mehreren Nenntanten Gesines, die nach dem Tod von Cresspahls Frau anfingen, das Kind zu erziehen zu einem anständigen, wenigstens Christenmenschen, bis Cresspahl sie alle aus seinem Haus schickte eine nach der anderen. Nach dem Krieg kam das Kind noch an Silvester und bestellte Cresspahls Empfehlungen fürs neue Jahr, saß unachtsam auf der Stuhlkante, tunkte krumme Lippen in den saccharinenen Pfefferminztee (auf der Kredenz stand eine Kristallschale mit künstlichen Früchten), schwieg wohlerzogen zu den Ausstellungen an Cresspahls Lebensart, kam lange nicht und hatte bald Jerichow hinter sich und der Grenze gelassen, übrigens sich aufgeführt so unkindlich, daß nicht nur die Tanten in einer engen Stadt wie Jerichow gut und gern zehn Jahre daran zu reden hatten.
Die zehn Jahre waren kaum um, und doch antwortete Tante Grete auf Gesines Drucksache, und nicht mit drei Worten Unterschrift auf vorgedruckter Karte, sondern in einem vollbezahlten Brief mit wollig verfilzter Schrift in Zeilen, die abfielen, liebes Kind, deine dich liebende Tante kümmern so besondere Sorgen mit dem Sohn, er will mir wohl nicht aus dem Osten helfen. Sie erwähnte auch andere Verwandtschaft, den Umbau einer Straßenmündung am Marktplatz, zudem aber Umstände der Beerdigung, die Cresspahls Tochter nicht gesagt worden waren.

Sie nahm sich die Mühe, den Brief noch einmal zu lesen.
Alt bin ich nun zum Lachen so alt, und zu nichts noch gut, und hab die Enkelkinder nicht im Leben gesehen.
Tante Gretes Sohn hatte Jerichow und den ostdeutschen Staat seit langem aufgegeben, denn auf seinen kleinen Betrieb da waren unverhältnismäßige Behörden zugekommen und fingen an und sagten, er habe damit gesündigt an der Wirtschaft des Volkes, und er hinterließ dieser Wirtschaft lieber alles gleich. In Lüneburg war er lange nichts geworden, bis er endlich in der Nähe für nicht viel Geld sich einkaufen konnte in ein heruntergekommenes Geschäft für Installation, das arbeitete er zurecht, erwarb es mit hochverzinsten Krediten ganz, zahlte dem vorigen Besitzer die Rente, kam eben so aus inzwischen. Von seiner zweiten, hannoverschen, Frau hatte er mählich zwei Kinder, und gerade war das Auto bezahlt, da kam ihn ein Unfall teuer zu stehen. An Gesine gab er darüber umständlich Auskunft, und erwähnte unbefangen Sehnsucht nach der Mutter, denn er hatte sie zuletzt gesehen vor fünf Jahren in Westberlin, als sie noch durfte nach Westberlin, und er schon lange nicht nach Ostberlin, weil die ostdeutsche Volkspolizei ihm nun seine Empfindlichkeit nachtrug.
In der Regel jedoch zeigte die Polizei des ostdeutschen Volkes sich willens, nach Westdeutschland Leute zu lassen, die vor Alter nicht länger taugten und der Wirtschaft des Volkes hart auf der Tasche lagen. Diesem redlichen Interesse legte ein anderes redlich sich

quer und wollte Zettel nur tauschen gegen Schein, Fragebogen gegen Formular, Erklärung gegen Bescheinigung, und wollte nicht gelten als altmodischer Beamtendünkel, sondern als Geschichtsschreibung einer neuen Gegenwart, in der ein Sperling beliebig mochte vom Dache fallen aber nicht eine alte Frau an die Grenze fahren dreieinhalb Stunden mit der gewöhnlichen Eisenbahn. Die Gänge zu den Ämtern von Jerichow, die Reisen zu den Dienststellen von Wismar unterhielten Tante Grete viele Wochen lang, sie kleidete sich fast jeden Tag wie sonntags und zeigte bald auch ihrer alltäglichen Umgebung die verblüffend verkleinerten Gebärden des Bittstellers; abends mußte sie die Füße hochlegen und die Worte bedenken, die sie unumgänglich hatte wiederholen müssen vor den Barrieren, und ihre Angst allein haben, denn sie konnte nicht gut Trost erwarten von den Nachbarn, die so hoch nie kommen würden mit der Hoffnung auf eine Ausreise. Am Ende war doch kein ostdeutsches Papier erfindlich, das noch hätte fehlen sollen. Wohlbekannt hingegen war den Ämtern ein Dokument, das der Sohn der Frau erst einmal schicken sollte aus Westdeutschland, das tat er nicht, kam wohl nicht an seinem Rathaus vorbei, was mochte ihm da nur im Wege sein nun schon ein halbes Jahr.

Sie wolle ihm doch nicht zur Last fallen: versicherte Tante Grete bald in Briefen überallhin nach Westdeutschland, wo Verwandtschaft und gute jerichower Bekanntschaft verstreut saß und unbehaglich bedachte, wie sehr eine alte Frau ihre Gelegenheiten verlangen kann und Geld kosten und Geduld. Mit den dicken Paketen aus der Lüneburger Heide hatte sie doch bisher reichlich leben können, und war ihr ein nettes Gedenken beim Sonntagnachmittagskaffee denn nicht genug? Ob denn ihr Stolz nicht erinnerlich sei: fragte sie verstört, und viele Leute waren seit Jahr und Tag aus Jerichow gegangen und entsannen sich leicht einer fast unleidlichen Hochnäsigkeit, die übrigens damals dem Sohn die Klempnerei hatte ausreden wollen als nicht gut genug; sie wolle besten Willens Frieden halten mit der Schwiegertochter aus Hannover: schrieb sie, und die Jüngeren dachten an das Flüchtlingsmädchen, dem Tante Grete die Liebschaft mit dem Sohn verbot 1946, weil die Zugezogenen nichts hatten und nichts waren; sie wolle doch nur die Enkelkinder im Arm halten dürfen: schrieb sie, und alle konnten den Sohn verstehen, wenn er endlich sein Leben nach dem eigenen Kopf haben wollte und das seiner Kinder erst recht; sie sei nun doch alt: schloß sie, und viele nickten beim Nachrechnen und wollten ihr das zugestehen, das wohl, hätte sie nicht auf ihr Alter ein paar schwierige ostdeutsche Ansichten angenommen hinsichtlich des westdeutschen Staates, und Gott wußte, weil jedermann es wußte, Tante Grete konnte den Mund nicht einmal in der Kirche halten. Nein, das sollten die beiden untereinander ausmachen, da griff nicht Verwandtschaft geschweige denn Bekanntschaft ein und behüte zur Feder, die einen und die andern nicht redeten dem Sohn zu oder ins Gewissen, ohne bösen Willen nur neugierig konnte sie abwarten, ob die Frau den Sohn herumbekam mit Liebe und Familiensinn, statt ihm ausgesprochen abzubitten.

Schicklicher Weise mußte man ihr zurückschreiben, und die meisten Antworten befaßten sich also mit Tante Gretes Hoffnungen wegen ihrer reichsdeutschen Witwenpension und ostdeutschen Versicherung, und zweifelten umständlich an deren Gültigkeit, denn sie hatten gelernt, von da nichts zu übertragen. Ihr Sohn hatte diese Sicherheiten nicht einmal erwähnt auf seinem Rathaus, und hätte doch schnell das fehlende Stempelpapier bekommen dafür, denn stimmt eine westdeutsche Stadtverwaltung dem Zuzug einer ostdeutschen Rentnerin bei, so ist sie der neuen Bürgerin verpflichtet für den Fall ihrer Verarmung, das ist nicht leichtfertig zu erlangen, erst auf Vorhaltungen, die unterließ der Mensch. Sie wurden denn auch von anderer Seite vorgebracht, und taten sich leicht mit der Meinung westdeutscher Verwaltung, wie wenig das Leben in Ostdeutschland wert sei für Junge wie für Alte, und das mag unterschreiben wer will.
Zumindest nicht eindeutig empfanden Darsteller und Zuschauer beim Lesen des Briefes, in dem Tante Grete plötzlich für den übernächsten Freitag ihre Ankunft in der Grenzstation Büchen ankündigte, überglücklich, mit viel Gepäck, und in dem sie rätselhaft bemerkte, sie alle müßten Gesine Cresspahl abbitten, was sie früher nachgesagt hätten, und ihr dankbar sein.
Cresspahls Tochter hatte sich nur Zeugen beschaffen wollen. Ihre Handlungsweise wurde von vielen mißbilligt, und ihr selbst war auch nicht sonderlich wohl dabei.

Geschenksendung, keine Handelsware

Aus Jerichow bekam Gesine Cresspahl noch Pakete, als sie längst in Frankfurt Geld verdiente, denn Jakobs Mutter traute den Städten nicht und schickte dem Kind zur Vorsorge Gestricktes aus Selbstgesponnenem, Gebackenes, Geräuchertes, Gekauftes nie, zu kaufen gab es wenig, das sich für den Westen noch geschickt hätte. Die Verpackung war altmodisch, wie für Segelschiffgut. Die Abs lag schon lange auf dem Friedhof hinterm hannoverschen Schloß, und Gesine fand immer noch hartes, geöltes Packpapier, in das die Alte mit der Stahlfeder in pommerscher Volksschulschrift die vorschriftsmäßige Erklärung neben die Adresse geritzt hatte: Geschenksendung, keine Handelsware.

An ihren Vater schickte Gesine einmal im Jahr fünf Meter Manchesterstoff, jeden Monat Rauchtabak, im übrigen nur Gewünschtes. Als sie ab und an schon zwanzig Mark übrig hatte, dachte sie öfter, der Verwandtschaft die Harke zu zeigen und was zu schicken. Aber es hatte um die Jahrhundertwende einer dem Platz Jerichow das Gelübde hinterlassen: mich sollt ihr gar nicht wiedersehen, oder unantastbar, und als er nach elf Jahren kam mit etwas Geld, war er immer noch so in Fahrt, daß er dem Rat und der Gemeinde am liebsten die Gasanstalt abgekauft hätte, weil in der Stadt nichts höher stand als deren Schornstein. Die Alten erzählten davon noch, und Gesine hätte

sich nicht gerne fragen lassen: Na, willst du uns jetzt auch die Gasanstalt abkaufen?
Dann ging Cresspahl ab mit Tod, und seine Tochter mußte sich bedanken in Jerichow bei einigen Leuten, die ihn vernünftig unter die Erde gebracht hatten. Da gab sie, als einmal ihr Brief einen andern an Land zog, auch ein Päckchen auf die Post, an die Frau von Brüshaver, mit herzlichen Grüßen von Ihrer ergebenen. Sie hatte an eine stille, magere Person gedacht, sie bekam aber einen Dankesbrief in forschen Tönen, die anfangs zwar das Du zurückerbaten, dann aber doch bemängelten daß Gesine da was gepackt hatte mit Liebe. Mit zartem Gefühl war der Empfängerin vorerst nicht geholfen, was sollte sie mit Sachen zum Genuß, solange sie noch Zwiebeln brauchte, Weizenmehl, Reis, Hartfett, Milchpulver, alle Gewürze, und so fort durch den ganzen Laden, und den nebenan, und den gegenüber. Frau Pastor Brüshaver schloß mit dem Bemerken, das liebe Kind könne ihr Beliebiges ja denken, aber sie sei nun einmal eine alte Frau, und sie wünschte sich ehrlich und aufrichtig von dem berühmten westdeutschen Klosettpapier, im Alter soll man nicht mehr so viel lügen.
Die Cresspahlsche besann sich, wie ungemein faßlicher noch eine Lisbeth Papenbrock das gesagt hätte, und sie begriff, daß Jerichow ihr die Gasanstalt anbot auf dem Teller. Zu heilen Zeiten hätte die Pastorswitwe kein Wort gerichtet an eine Unverheiratete mit einem nicht ehelichen Kind, auch wenn sie ein Geld verdiente, das Jerichow nun allerdings so übers Haus ging wie uns der Dollar. Gesine ging in diesem Herbst

manchmal ein Stück zu Fuß durch Düsseldorf nach Hause und versuchte an den im Licht ausgelegten Waren zu erinnern, was sie wahrgenommen hatte bei ihrem letzten Besuch in der Brüshaverschen Schlafzimmer. Neben der Lampe hatte ein Buch in schwarzem Kaliko gelegen über den Unfug des Sterbens vor vielen Jahren. Gab es solche Bücher heute noch? Nach Kölnisch Wasser hatte es gerochen hinter einem grünen Etikett. Dies und das mit Mehl und Mandeln und entkeimtem Toilettenpapier aus weichstem Zellstoff in Zellophan schickte sie weg und machte sich oft Spaß mit dem Schweigen, das hinter der jerichower Kirche hervordröhnte.

So fand sie viele Leute wieder vor den Schaufenstern Westdeutschlands, und ein Stück vom alten Jerichow im zeitgesättigten Geruch der kleinen Delikatessengeschäfte, und alle kamen mit und sahen ihr über die Schulter.

– Nein, das kann ich nicht annehmen als Dank: sagte Kern von der Tischlerinnung, wenn sie vor einer Tonbank stand und wußte nichts von Zigarren: Aber zu Neujahr von Cresspahl sozusagen durch die Tochter, da nähm ich wohl diese leichten holländischen Importen, und könnte es wohl eine Schachtel sein aus buntem Blech, du denkst dir doch wohl meine Enkelkinder, na legn Riegel Sch'lade zu. Dank dir auch, ich erkenn die Absicht.

Die Papenbrock, Oll Klupasch, Heinz Wollenberg, Jöche, Niebuhr, sogar die Selenbinder halfen ihr ein und flüsterten ihr zu, wenn sie an den Vitrinen und Wursthaken und Regalen entlangblickte und nicht finden konnte was noch. – Was der krumme Martens sich wohl freuen würde zu dem Katenschinken, so was räuchert er lang nicht mehr, kuck mal die Feigen, haben wir dir erzählt von im Krieg, kauf bloß keine Dosen: das dürfen wir nicht haben, daß du jetzt Weizen schicken mußt in eine Weizengegend! sieh bloß mal wie appetitlich der Käse, vor dem Krieg haben wir alle Virginia geraucht, ja mit Stahlspänen könnt ich meinen Fußboden wohl wieder christlich kriegen, ach Mensch ein Hemd wirklich ohne Bügeln, Wolle ohne Holz, Strümpfe ohne Naht, Fahrradspeichen, Schreibpapier und Reißbrettstifte, ach Gesine womit haben wir das verdient, was waren wir früher gut bei Sach, und leben jetzt her hinter der Zeit.

Von den Jungen wußte sie nicht mehr viele da. Zu ihrer Zeit war die Oberschule von Jerichow Kaserne, und die Klassenkameraden in der Bezirksstadt hatte sie durch die täglichen Fahrten hin und her nicht recht gewonnen und bald verloren mit dem Studieren und Weggehen nach Westdeutschland. An Peter Pillgrimm, Fahrschüler wie sie damals, versuchte sie es, aber er verbat sich was er ein Almosen nannte, womit sie aber nur den Auflauf gemeint hatte, den er sich zuzog mitten auf der Stadtstraße 1950 mit der Westzigarette zwischen seinen prall aufgeworfenen Lippen, das Papier so weiß, so blond der Tabak, so lang und prächtig das Stück von drüben. Damals hatte er ihr auf langes Drängen eine verkauft für Gegenleistung; inzwischen mochte er sich gewöhnt haben an Orient.

Die Alten blieben ihr, und dankten nicht besonders. Für sie war Ordnung, daß die von Jerichow wie alle

gewöhnlichen Leute mit denen zusammenhielten in schlechten Zeiten gegen die Schuldigen, in guten untereinander; einmal bekam sie auch schriftlich, daß die Ostdeutschen mit dieser Art von Wirtschaft den Krieg bezahlten immer noch, nachdem die Westdeutschen wieder lebten, und wenn einer sich anständig hielt und abgab und teilte, verdiente er nicht eigens ein Lob. Ohne Namen auf einer Ansichtenkarte sagte einer: Laß es uns doch schlecht gehen, um so rascher haben wir das besser eines Tages. Andere waren geniert, daß sie mit aller guten Arbeit nicht herankamen an die Sachen zum besseren Leben, und so gewiß sie Gesine einen Satz Bohrer oder eine Meßlehre anrechnen wollten, sie hätten sich das doch lieber selbst ausgesucht bei Wollenberg am Markt mit sachverständigem Genuß und mit ehrlichem Geld beglichen wie früher. Und unbehaglich war ihnen, daß nach dem Erlaß eines westdeutschen Justizministeriums jeder solche Pakete pro Stück mit dreißig Mark absetzen konnte von seiner Steuer, weil die Bedürftigkeit ostdeutscher Empfänger zu unterstellen sei und von einer Prüfung seiner Einkommens- und Vermögensverhältnisse in jedem Falle abzusehen. Dazu schrieb nun Cresspahls Tochter schöne Grüße. Ja da wollten sie das lieber unbestimmt erwidern und auch so.
In der Reihe vor der blankgescheuerten Blechtheke des Paketpostamts sah Gesine, an den Aufschriften, wie viele ihr Jerichow hatten, verlassen und verloren, und wie viele von einer verleugneten Regierung noch den Umgang mit den eigenen Leuten sich verordnen und beschränken ließen. Einmal im Monat durfte

einer sich helfen lassen, in genau begrenzten Mengen von dem und dem, und nicht mit dem und nicht mit Medizin, das Packpapier mußte gebraucht sein und die Adresse mit der Hand geschrieben, wie Verdächtige mußten sie harmlos tun, damit ihr Geschenk nicht auffiel vor den Röntgengeräten und Sonden des Staates, den es für den ihren nicht gab, so daß wieder einmal die gewöhnlichen Leute einspringen mußten mit dem Geld, das die Steuer ihnen ließ, für viele Paketkarren voll mattrosa bezettelter Kartons, für Wagen voll, für Sonderzüge voll zu den Geschenkfesten und das ganze Jahr, zum Geburtstag, gegen Mangel, gegen Krankheit, gegen die Trennung; aus Pflichtbewußtsein, Scham, gutem Willen, gegen das Finanzamt.
Vielleicht nicht harmlos aber ganz wie ihr war, wenn die graue scharfe Luft Jerichows wiederging am Rhein, beim Anblick wohlfeiler, altmodisch verpackter Geschenke, ihrer Trauer zuliebe, aus heiterem Himmel, mit rotem und blauem Papier packte Gesine keine Handelsware, Geschenksendungen nach Hause. Sie hielt sich an die Leute, von denen ihr Vater Briefe lang geschrieben hatte, sie lernte sie wieder kennen an ihren Wünschen und Gewohnheiten, das alte Jerichow kam ihr gegenwärtig mit den verbeulten Reklametafeln, unter denen sie größer geworden war, mit dem Postamt, aus dem jetzt ihre Pakete gebracht wurden an ihr bekannte Häuser, da fuhr der Wagen vorbei am Tor des Friedhofs, auf dessen Flügeln die Enkel von Kern von der Innung Halbkreise fuhren, wie sie einmal, damals.

Eine Reise wegwohin, 1960

Karsch, damals nahezu vierzig Jahre alt, fühlte doch Beschwerden. Eindeutig waren sie nicht. Einschlafen konnte er nur mit Mühe, morgens schmerzten die Knochen, er wurde lange nicht wach beim Frühstück. Auch tagsüber liefen ihm manchmal die Gedanken weg, vergaß er Anblicke, hätte gern die Augen geschlossen, und er empfand es lange so, als lebte er neben sich her. Er kam leicht darauf, daß viele kleine Defekte der vergangenen Jahre sich zusammentaten gegen ihn, und schob es aufs Älterwerden.
Demnach hielt er sich mit Vorliebe allein. Dazu tat er etwas außer der Reihe. Mit viel von seinen zurückgelegten Einkünften kaufte er einem Ackerbürger im Norden Hamburgs den Dachboden ab. Der Mann hatte gehört von dem neumodischen Usus, daß Leute Teile von Häusern verkauften oder darauf sparten, aber es wollte ihm zu seiner Ziegelkate nicht passen; am Ende mochte er den Kerl von der Zeitung, der an jedem Wochenende nach Entschlüssen fragen kam, wieder nicht einen Verrückten nennen, er fand geradezu etwas daran, er nahm Geld extra für das Vorkaufsrecht auf das eigentliche Haus und wollte nun so recht im Glauben an ein gutes Geschäft weiterleben unter dem verkauften Dachboden, den sein neuer Hausgenosse leerräumte und mit einem großen Fenster nach Norden öffnete. Davon ließ Karsch nichts auffallen. Heimlich auch kaufte er all die Möbelstücke

zusammen, um derentwillen er ab und an in fremden Wohnungen hätte leben mögen, und verbrachte sie unter das himmelweite Oberlicht in dem Appartement, das er dem Bauern auf den Kopf gesetzt hatte. Eines Tages verkaufte er die alte Wohnung mit allen Sachen, die noch aus Westberlin, sogar aus der Studentenzeit mitgekommen waren, und zog um mit nichts als dem Telefon unter das Dach. Die Maschinen und Schränke für seinen Beruf saßen den schrägen Wänden so dicht auf dem Leib, so angewachsen wohnte er gleich da, und so gründlich hatte er seine Rücklagen erschöpft, daß er lange nicht würde umziehen können und übrigens einverstanden war, hier älter zu werden.

Von außen gesehen hatte er wenig mehr geändert als die Adresse. Die meiste Zeit im Jahr war er ohnehin unterwegs in Westdeutschland, in den Nachbarländern, und holte die Reportagen zusammen, die ihm seinen Namen gemacht hatten, und wenn er in Hamburg war, konnte man ihn nachmittags in der Stadt treffen, noch wie immer. Er gab sich unverändert, neugierig, maulfaul, pünktlich bis zur Zuverlässigkeit, nett, manchmal wie ein Hamburger, und vorläufig wollte ihm noch keiner verdenken, daß man seine Wohnung nicht aus dem Telefonbuch, sondern tatsächlich nur vom Ortsamt erfahren konnte. Von Reisen zurück, oder aus der Stadt nach Hause gekommen, fand er den ruhigen grauen Raum unter dem Licht von Tag und Nacht sich eigen wie Haut und Höhle; zu mehr wollte er es nicht bringen. Jeweils in den ersten Tagen zu Hause hielt der lange

Tisch ihn fest durch viele Essenszeiten, und die Gänge zwischen Schreibmaschine, Dunkelkammer, Küche paßten ihm angemessen. Dann, bald, saß er doch wieder mit den Händen auf den Knien vor den Tasten, las das Geschriebene mit Unbehagen, zweifelte an seinem Gewerbe und ob die Öffentlichkeit ihn denn zu Recht bezahlte und wirklich aus Gründen der Demokratie, Berichtigung des Staatswesens, Kenntnis von der Verwendung der Steuer, und nämlich für Genauigkeit der Nachrichten; es mochte aber auch das Gefühl sein, er habe schon zu lange geschrieben wie der Karsch, der er vielleicht nicht mehr war. Und abends, wenn er den Telefonhörer abhob und dem Kundendienst der Post die eingegangenen Anrufe abfragte, mochte er doch die wenigsten beantworten; er hatte eher gewartet auf etwas anderes, das ihm zu ungenau war, um überhaupt davon zu reden.

Nachts lief er oft umher in dem Gehäuse, das er sich auf den Leib gebaut hatte, schaltete Musik ab, drehte das Fernsehbild aus, horchte auf Schmerzen hinter der Stirn, legte sich schlafen mit offenen Augen. In Gesprächen mit Freunden vermied er sich, trank dann viel nur, um seine Aufführung bei guter Laune zu halten, lud sie ungern zu sich. Es wunderte ihn, wie selten er das Kind sah, das er seiner Frau gelassen hatte bei der Scheidung, obwohl er vor sechs Jahren um diese Besuche lächerlich unvernünftig gekämpft hatte; er versuchte den Jungen mit übertriebenen Geschenken einzuholen, vergaß dann aber Verabredungen mit ihm. Jetzt war er wie gewünscht allein.

Es stimmte zu seinem Befinden. Aber wenn er ein paar Abende lang an seinen eigenen sechs Wänden entlanggelaufen war, krumm, dicklich, zerfahren, fuhr er oft mitten in der Nacht weg aus Hamburg, auf Arbeit, weg von zu Hause.

In diesen heiklen Verhältnissen fand er es nicht unglücklich, daß zufällig ein Anruf aus Ostdeutschland ihn zu Hause traf, und nahm die Einladung zu einem Besuch augenblicks an, um so leichter, als er von Karin F. gern mehr gewußt hätte als sie schrieb auf den Rand von Szenenfotos und er sich überhaupt Neuigkeiten aus einer gemeinsamen Vergangenheit versprach. Er fuhr ab wegen des Balkons, hinter dem in einem baumgrünen Zimmer er vor Jahren gelebt hatte mit ihr in Westberlin, und zwar frühmorgens, weil er ohnehin wach war; aber da er nur der Putzfrau einen Zettel hinterließ und die Freunde vorerst nicht verständigte, gewann sein Verschwinden in Hamburg ein unbestimmtes, fast bedrohliches Aussehen. So hatte er sich das nicht gedacht.

Vorbereitet war er auch nicht auf die Posten hinter der Grenze, die ihn aus dem Wagenstrom nach Westberlin zur Seite rangierten in den inneren Kontrollbezirk, der mit verkümmerten Blumenrabatten zwischen Baracken angestrengt Staat machte, und allmählich kam ihm die Reise so wenig alltäglich und beliebig vor, daß er sich schon Gedanken machte über den ersten Satz einer Reportage: diese Ankunft hätte Vorsorge gebraucht. Seine Verblüffung wuchs beim Anblick von Schriften auf Schildern und Baumwollstreifen, mit denen die Besitzer dieses Landes fast jede ihrer Taten in ein Verhältnis zu denen Westdeutschlands zwangen; der Nachdruck war ihm vom Hörensagen bekannt, er war zu Hause zum Lachen gewesen, es war den Polizisten ernst, und er hielt sich an einen beiläufigen, fast kameradschaftlichen Ton, der dem des Krieges benachbart war, kam so durch. Er hatte aber die Worte nicht verstanden, der Satzbau machte ihm Beschwer, und er war ziemlich kleinlaut, als er in einer Gaststätte in seinem löcherigen Pullover und in ältesten Hosen sogleich erkannt wurde als ein Westdeutscher, so daß er seinem Benehmen hinderlich zusah und darüber den Geschmack des Essens nicht recht wahrnahm. Er hatte auch nicht gewagt, die Kamera mit herein zu nehmen.

Die Ankunft ließ sich privat an. Man umarmt sich nach der langen Zeit. Ein Händedruck hinterher kann ebensogut gelten, die Frage nach dem Ergehen könnte den Grund für die Einladung herausbringen, trinken wollte er vorerst nichts. Aber sie ließ die vergangene Zeit nicht ins Gespräch, bewegte sich munter quer und längs an ihm vorbei, schlug ihm mit dem Handrücken vor den Bauch und fragte: Tennis? und er entgegnete: Ach was, alles und so fort in der raschen, vorschiebenden Art, die offenbar beide nicht vergessen hatten. Nein, sie hatte keinen Grund wie auch immer, den sie zugeben mochte. Nein, es war ihr nur eingefallen, und sie hatte mehr Spaßes halber versucht, die Aufenthaltsgenehmigung an einem einzigen Nachmittag von der Meldestelle bis an die Grenze zu schaffen. Sie kannte da Leute. Sie hatte da Beziehungen. Sie war hier angesehen. Es ging ihr gut. Er lehnte sich endlich

zurück, nahm ein Getränk an, beobachtete ihre Bewegungen in dem breiten, dicklehnigen Sessel, den sie auch hier hatte, gegen den sie müde zurücklag in ihren aus der Frisur gleitenden Haaren, langsam trinkend, nebenbei redend, und nach einer Weile saßen sie so unaufmerksam nebeneinander wie in der Zeit, auf die ihre Trennung gefolgt war, gegen seinen Willen. Er entschloß sich, höchstens eine Woche zu bleiben.
Unbehaglich war ihm vor der Begegnung mit dem Radrennfahrer Achim T., denn er konnte sich unter ihrer Liebschaft nichts vorstellen und fürchtete die Verlegenheit des andern vor dem früheren Liebhaber um so mehr, als er ihm ein uninteressiertes Gespräch nicht zutraute, der Art von Beruf wegen. Tatsächlich kam der schon befangen in die Tür, bewegte seine langen Knochen hastig bei der Begrüßung, saß vor lauter Lässigkeit gezwungen und rollte seine Jackenaufschläge. Anfangs vermutete Karsch, der Mensch schäme sich für sein Parteiabzeichen, aber immer wieder ein strahlendes Lächeln kam ihm gutwillig vor, machte ihn irre. Er stellte sich maulfauler als natürlich, um dem Mann auf die Meinung zu kommen, und zu seiner Verdrossenheit stellte sich endlich heraus, daß dieser Achim ihn hoch schätzte, ja verehrte wegen der Artikel, die Karsch nach seiner Auffassung allwöchentlich schrieb im Kampf gegen seine eigene Regierung, und zwar dem Fortschritt der Vernunft zuliebe, und das unter Anfeindungen. Karsch verschluckte sich. Er sah aus den Augenwinkeln zu Karin hin. Sie fand ihren Freund offenbar nur ungeschickt

im Ausdruck. Karsch wies, angelegentlich und gesprächig, darauf hin, daß für ihn sein Beruf nur eine leidlich anständige Art des Geldverdienens war. Erläuterungen verkniff er sich, da er auf den Boden sehen mußte vor dem stillen Erröten, das diesem Achim von den Ohren ins Gesicht stieg, wie bei Blonden leicht. Karsch nahm den Besuch als einen zum Wiedersehen und ging zu denen noch nicht fürs Frühstück zum Kennenlernen. Die Mittagessen, Besuche im Theater und in Sporthallen, Spaziergänge, Besichtigungen und ähnliche Veranstaltungen für den Ortsfremden wollten ihm nicht reichen für sieben ganze Tage Aufenthalt. Er versuchte es mit der Stadt. Der Sandstein der öffentlichen Gebäude kam ihm hessisch, der Himmel über dem kleingärtnerischen Stadtrand vor wie der über Franken, dem Sächsischen konnte er Ostdeutsches nicht anhören; der spärliche Verkehr nicht und nicht Frostaufbrüche im innerstädtischen Asphalt und nicht die gelbweißen Schaumflocken im Parkfluß wollten ihm zusammensetzen, was er hätte weitersagen können. Nicht einmal durch Einkäufe kam er mit der Gegend ins Benehmen. Er fand an Waren nichts mitzunehmen für die Gewohnheiten seiner Freunde, das Spielzeug für Zehnjährige fiel leicht auseinander, die Ansichtenkarten gaben mit Baudenkmälern Nachricht wo er war, er war da nicht. Nicht mit dem Fuß auf dem Schuhputzerbock, mit Würstchen in der Hand, nicht mit den leichten Münzen in der Hosentasche fand er in den Alltag. Er blieb auf der Durchreise. Er stellte sich mit Befriedigung vor, daß das Laub über seinem Fenster dichter gewachsen sein würde bei der

Heimkehr, und setzte sich in der Hotelhalle mit Zögern, weil die Bewegung Bleiben hieß. Er ließ sich übrigens immer langsam, mit vorsichtig hängenden Armen nieder, denn mit einem schwereren Leib beginnt einer leicht zu besorgen, er könne dabei stürzen.
Dann entschloß er sich zu einer Probe, aus der er lernen wollte für einen Bericht über Beherbergungswesen, den er in Westdeutschland vor hatte. Er vermaß sein Hotelzimmer, schrieb die Möbel auf, merkte sich im Badzimmer altertümlich beschriftete Porzellangriffe und den Haken für das Abziehleder, den sein Großvater gebraucht hätte. Unter der Glasplatte ermahnte ein Vordruck den Gast, Gäste nicht mitzuführen hierher. Die Teppiche auf der steif knickenden Treppe waren fadendünn getreten. Er bestellte sich ein Frühstück ans Bett, und dazu Orangensaft, Speck mit Ei, Salami, er ließ sich nur gegen genaue Erklärungen hinunterbitten und sich zu den Brötchen nichts vorsetzen als Butter, weil die Küche morgens nicht warm war. Er gab vor, das Zimmer wechseln zu wollen, besah andere Preisklassen. Er bat ihn zu wekken, verglich die bestellte Zeit mit dem Klopfen an der dünnen Tür. Unberaten gab er Hemden in die Wäsche und sollte auf sie warten vierzehn Tage. Das ältere Personal brachte er leicht auf seine Seite; insbesondere der Oberkellner nahm seine Wünsche mit bitter nickendem Blick zur Kenntnis und ging heimlich über die Straße, dem verwöhnten Gast wenigstens die Wurst zu holen. Die Jüngeren, Zimmermädchen, Verwalter, Lehrlinge, nahmen dem Westdeutschen übel, daß er sie so unbefangen hinwies auf die Män-

gel der Bedienung und des Vorrats; ihre Zuvorkommenheit wurde aufsässig. Am Ende fand er nur heraus, daß das Hotel vor dem Krieg hatte gelten können als gut und bürgerlich und seit den Bomben wie ein natürliches Wesen hatte älter werden müssen inmitten Standards, die ihm glatte Dielen, Glas und helles Holz in übersichtlichen Flächen hätten einsetzen sollen. Und dies war nur ein Hotel von vielen, so daß er nicht mehr unternahm, seine Preise mit denen eines ähnlichen in Kassel zu vergleichen, da die Währungen nur von Staats wegen einen Nennwert gemeinsam hatten und er die Deckung und den Wert des Ostgeldes nicht eigens errechnen mochte. So gründlich hatte er hier nichts vor.

Er versuchte noch einmal, in der Stadt anzukommen; die deutsche Sprache, die vielen nationalen Ähnlichkeiten der Feuermelder, Telefonzellen, Verkehrszeichen taten so bekannt. Er fuhr zum Leihhaus und versuchte, seinen Rasierapparat zu hinterlegen. Der Angestellte hinter dem Stahldrahtgitter blickte von dem westdeutschen Erzeugnis auf den Kragen und Anzugstoff des kreditsuchenden Bürgers, – Heil? fragte er endlich. – Wie soll ich denn das beweisen: antwortete Karsch schnell. Der andere befingerte sein Kinn, drehte die Maschine in der Hand. Karsch griff sie rasch zurück, ließ Strom anschließen, schnitt mit dem Scherkamm eine Insel in die Haare auf seinem Handgelenk, bügelte die Stoppeln weg. Glatt. Säuglingsweich. Funktioniert. Er bekam Geld genug für ein Paar aus Westdeutschland importierter Schuhe. Vor dem dreieckigen Sandsteinturm noch nicht, weil

Passanten das fremdländische Kabriolett umstanden, aber zwei Blocks weiter hielt er an und notierte sich das Gespräch, die drei Leute in der Schlange vor ihm und die Studentin, die er mit einer Schreibmaschine auf dem Treppenabsatz hatte vorbeitreten lassen. Der Vormittag war mitten in der Woche.
Am nächsten Morgen ging er zu den Friseuren im Bahnhof, und wieder überkam ihn Sog in die Vergangenheit inmitten des palastweiten, üppig bestuckten Kellerraums, der herrschaftlichen Sessel, unter der angewärmten Handtuchkompresse, die hier wunderbarer Weise den Bart erweichen sollte. Unter dem langen Messer versuchte er im Kopf auszurechnen, wieso der ostdeutsche Staat zurechtkommen mußte nach Gutdünken seiner Eigentümer. Es kam ihm kein Leihhaus heraus. Wie oft versetzte ein Rentner sein Radio? Das am Telefon wollte der Schuldturm nicht sagen, die Frage wurde jedoch verstanden, sie war dort als Frage bekannt, und Karsch kündigte einen Mitarbeiter westdeutscher Zeitungen an, sah gleich bei der Ankunft sich in den Sessel gedrückt mit Grundsätzen über die gesellschaftliche Funktion eines Leihhauses im Kapitalismus; er fragte nach dem Zinsaufkommen im Sozialismus. Der Mann hatte die Unterarme steif auf dem Schreibtisch, sah Karsch schwer in die Augen, hüpfte unverhofft auf, schwenkte sich locker auf die Schreibtischecke, verfiel vorgebeugt gleich wieder in handstreckende Starre, zwang sich zu lässigem Ausschreiten, redete so langsam als wolle er etwas sagen, stand, wo die Frage des Besuchers im Weg war. Er ließ sich nochmals Karschs Zeitungstitel

nennen, bezweifelte ausdrücklich ein ehrliches und friedlich gesinntes westdeutsches Interesse an Zahlen, wollte heute gar keine in den Mappen haben, ich nenne Ihnen hier ein Beispiel, das ist völlig gegriffen, wolln mal sagen zehntausend, mit gleichem Recht hätte ich sagen können eine Million, so gegriffn ist das! und nun entschuldigen Sie mich. Mit der Frau im Vorzimmer hatte Karsch eben zu sprechen angefangen, da trat ihr Direktor ihnen ins Wort, er verzog sich baff in die öffentlichen Räume und löste seine Rasiermaschine aus, fuhr sich gedankenvoll über das gerötete Kinn, das das Unternehmen ihm bisher eingetragen hatte.

Der Vorfall zog ihn an, hinein. Nicht so sehr die verweigerte Auskunft, die Redeweise lud zum Suchen ein. In den ungetümen Sätzen des Vorstehers dachte Karsch erstmals ostdeutsches Land auszumachen, damit einen Reisebericht zu beginnen. Er meinte nämlich fest, er habe mit der Staatsgewalt gesprochen. Und tatsächlich war er nach wenigen Fragegesprächen dieser Art imstande, die Angestellten des Staates abzusondern mit ihren eigenartigen Fremdworten, Genitivabhängigkeiten, dem formelhaften, zögernden Sprechen, dem auf der Stelle tretenden Blick, den Kinder beim Aufsagen haben, oder mittlere Beamte vor der westdeutschen Fernsehkamera. Es galt nicht nur dem Landfremden, das Verhalten war unabhängig, es machte Staat auch gegen die Einheimischen. Er lernte den veränderten Sinn der Fremdworte, die in seinem Land nicht mehr benutzt wurden oder gar nicht, die zweiten Fälle von Struktur und Perspektive schrieb er auf mit anwachsendem Mitwissen, er lernte diese Sprache nie so gut, daß er sie zur Verständigung hätte benutzen können. Selbst im umgänglichen Reden der gewöhnlichen Leute fand er sich kaum unauffällig zurecht, da ihm zehn Jahre dieser Geschichte fehlten; sie erkannten ihn ohne Mühe. Sie sprachen von Streuung, Engpaß, wo ihm nur die Worte Großhandel und Lieferschwierigkeiten zur Verfügung waren, seine Ratenzahlung nannten sie Sparkaufvertrag, und so deutlich er bald den Abstand bemerkte, den die Leute zu den Ausdrücken der Beamten hielten, er saß doch manchmal da und sprach sich im Kopf vor was er sagen wollte, wie eine fremde Sprache, und hakte an beim Aussprechen. Er war auch bis zum Ende verwundert, mit wie geringfügigen Fetzen Alltagssprache die Einwohner einander ihr Verhältnis zur Regierung abfragten und je nach dem zu Schweigen oder mürrischem Verständigen übergingen. Dies vergaß er nach dem Juni am schnellsten, weil es seiner eigenen Sprache immerhin ähnlich geklungen und getan hatte.

Denn bis zum Juni blieb er. Anfangs eine Woche länger, dann noch eine, anfangs seinen Notizbüchern zuliebe, endlich aus Neugier, auch noch aus privatem Eigennutz. Zur Verlängerung der Aufenthaltserlaubnis verhalf ihm eine politische Überlegung, die die sportlichen Leistungen des Landes in neutralen Staaten, auch in Westdeutschland, auszunutzen dachte für eine Veränderung der weltweiten Meinung von Ostdeutschland, und als Herrn Karsch, einem westdeutschen Journalisten, die Biographie des bekannten

Radrennsportlers Joachim T. angetragen wurde, zog er den Auftrag ins Trockene, mit nicht großem Ernst; es war ihm eher angekommen auf Fahrten über die Stadtgrenze hinaus, überhaupt auf Dableiben. Ihm war wie bei einer Entdeckung.
Manchmal. Zu anderen Zeiten ließen Kopfschmerzen, Schlafmangel, Müdigkeit, schwere Muskeln ihm keinen Entschluß durchgehen. Sein Gehirn schien an den Schädelwänden kreisend anzuecken. Das alles hat medizinische Namen, aber schon im Nachdenken darüber verlief ihm die Übersicht, und halbe Stunden später erst merkte er sich liegen wie vorhin, war nicht im Schlaf gewesen, nirgends. Er hätte die Krankheit lieber zu Hause gehabt, er brachte die Rückfahrt nicht über seine Trägheit.
Einmal hielt ihn ein Besuch bei Verwandten, die vom Nachkrieg ins Thüringische verschlagen waren, sie hatten sich das in Westpreußen verlassene Schlafzimmer wieder erarbeitet, auch diese Küche roch nach Kernseife, er hatte mit ihnen nicht soviel Familie gemein wie erforderlich gewesen wäre für die langen Schweigen zwischen den Schlucken Kaffee. Nach einem Tag war er zurück im Hotel, der Tag war aber vergangen.
Es mochte auch die Bedienung sein in dem Gartenlokal gerade jenseits der Stadtgrenze, die mit dem Westdeutschen nichts anfangen wollte, da seine sichere Rückfahrt und fremde Herkunft keine Liebschaft hätten natürlich vergehen lassen; das waren lange Vormittage im Kiesgarten, bevor die Essenskunden kamen, und gewundene Gespräche mit dem Mädchen, das neben ihm am Tisch lehnte, manchmal doch

lachend, auf dunkelhäutige Arme gestützt, sich hinunterbeugte zu dem Fremden, der wieder etwas nicht verstanden hatte. Dann mochte ihn auch der Zahntechniker aufgehalten haben, der seinem ostdeutschen Auto den verjährten Kühler eines massig schwereren Modells aus Westdeutschland aufgesetzt hatte. Der Maurer, der seit Jahren sich krankschreiben ließ, um bei gegengesetzlichen Eigenheimbauten höhere Löhne herauszuschlagen, dazu die Versicherung, er konnte vor Kraft nicht sitzen. Der Mann in der Lederoljacke, der drei Jahre Haftarbeitslager bekommen hatte für eine witzige Anspielung auf den hiesigen Staatsratsvorsitzenden in einem öffentlichen Lokal, in das war er zurückgekehrt, den Anzeiger zu finden. Ein vierjähriges Kind, das auf dem Boden kriechend und militärisch schreiend unterschied zwischen bösen und lieben Panzerangriffen. Die drei Polizeimonteure, die Karschs Wagen nicht nach aller Untersuchung, Rücklichtprobe, Bremsversuch für tauglich erklären wollten, sondern erst noch dreimal um den Platz karriolen mußten mit Tempo und Schadenfreude wie Kinder. Der fette strenge Jüngling, der Karsch aus einem Tanzcafé wies wegen amerikanischer Führung der Dame. Der Fotograf, dem die Berufslizenz entzogen war, weil seine platzende Blitzlichtbirne ein Mitglied der Regierung in Ohnmacht versetzt hatte, nun beantragte er monatlich neu seine Zulassung mit der Versicherung, die Birne sei im Lande erworben worden. Frau Liebenreuth, in deren Herrenzimmer Karsch umgezogen war, zum ersten Mal in ihrem alten Leben Wirtin, die winzig und schwarz hinter dem Frühstückstablett stehenblieb und ihm die Nachbarschaft erzählte. Eine breite Kutschenallee, die hell zuwuchs mit flirrenden kleinen Blättern. Der Anschein von Bekanntschaft, angeboten vom Wiedersehen der Straßenecke. Nach einiger Zeit glaubte er der Kenntnis des Landes so nahe zu sein, daß er nicht Gefahr laufen mochte, den möglichen Reisebericht zu verpassen.

Unterwegs hörte er mitunter reden über den Radrennfahrer, der vor den Behörden sein Gastgeber war. Die Jüngeren bewunderten ihn unvernünftig. Es war nicht nur seine Fähigkeit verrückt schnell zu fahren, es waren eher seine mundartliche Redeweise, sein verlegenes Lächeln bei Siegerehrungen, daß er verständlich geblieben war in aller Höhe und Berühmtheit. Daß er eine Schauspielerin im Bett hatte. Manche fanden sein Haar so blond, es griff sie an, wie grau darunter Achims Gesichtshaut geworden war am Ende der Wettfahrt. Es hieß, er sei reich; wollte er alles verkaufen, sei er Millionär. Man sagte ihm Macht und Redlichkeit nach, als könne er sich verwenden für unschuldig Verhaftete, für Gerechtigkeit überhaupt, da waren Beweise nicht nötig; viele hätten ihm in der Not geschrieben um Geld, um Rat, um Fürsprache. Sein Umgang mit der Regierung, in deren Stimmkammer er aufgenommen war, bestätigte seine Unumgänglichkeit, und mit ihm erschienen die Herrschenden einmal auch als vorstellbare Menschen über ein Tischtuch gekrümmt, die den Arm auf den Achims legten, im Gespräch, vielleicht sogar freundlich. Allmählich betraf es Karsch, wie geachtet und geliebt einer werden konnte in diesem Land mit nichts als Radfahren, und daß die Unteren mit den Oberen sich nur an solchen Stellen trafen, wo Skispringer und Schauspieler Erfolg vormachten, öffentlich leben, zudem noch wie welche von allen. Karsch besann sich auf die Unterhaltung über eine Biographie, er begann Vorauszahlungen anzunehmen, er lieh sich eine Schreibmaschine. Dies war das erste Mal, das einzige, bei dem Karin ihn warnte. Sie fand sonst nichts an seiner Aufführung. In der Stadt war er eingeführt als der Gast der Schauspielerin F., die ihn mitbrachte, mit ihm ging, ihn vorstellte als Westdeutschen (nicht als versetzte Verlobungsbekanntschaft), so daß der Theaterpförtner ihn grüßte wie einen Nachbarn, die Intendanz ihm Karten schickte, Beamte ihr zuliebe ihm ein Interview weniger leicht vorenthielten. Anfangs hatte sie ihn auf die ärgerlichsten westdeutschen Manieren hingewiesen; seitdem verbreitete er sich, etwa, bei der umständlichen Vorbereitung eines Ferngesprächs nicht mehr über den automatischen Verkehr in Westdeutschland, zog überhaupt seine Vergleiche ohne sie auszudrücken, stellte sein Auto schlichter ab, kleidete sich den Einheimischen ähnlich, ließ kaum ein Gericht noch zurückgehen in die Küche, wollte auch die Küchen nicht noch besichtigen. Mit einem Mal riet sie ihm ab von diesem Plan wie von etwas, das man nicht tut, es ist nicht praktisch, Landes nicht tunlich, sie gab einem Ortsfremden Auskunft.

Er hatte gar nicht hingehört. Im besten Fall verstand er, daß sie einen ihrer Freunde vor der Veröffent-

lichung schützen wollte. Für ihn aber, Karsch, waren Lebensbeschreibungen gute, unterhaltsame Arbeit. Er fand es regelmäßig lehrreich, eine Person anzusehen auf ihre Entstehung, hinter der Person ihr Leben zu finden. Es machte Spaß, einer bewußten Vergangenheit die tatsächliche zu finden, die Erinnerung einer Person mitzunehmen zurück ins Vergessene, auch sie überrascht zu sehen vor sich selbst. Es stellte ihn zufrieden, daß noch jeder Betroffene jeweils sich ausgedrückt hätte wie Karsch. Es war nicht nur die detektivische Nachforschung, die ihn am Fragen, Suchen, Nachsehen gehalten hatte; ihn erstaunte auch, wie viel eine Person enthielt an Geschichte der gesellschaftlichen Verhältnisse, der Kampfmethoden, des Anstands, an Mitlebenden. Seine Kenntnisse vom Weltzuckermarkt, vom Börsenrecht, Eheleben 1925, Strafvollzug und einiger technischer Zweige verdankte Karsch solchen Aufträgen. Es waren auch zwei solcher Arbeiten in den Buchhandel gekommen, und beide Male hatte er sich eine Kopie aufbewahrt, in der die Beschriebenen ihr Verschwiegenes noch nicht gestrichen hatten; das eine war die Geschichte eines Gewerkschaftsfunktionärs gewesen, das andere der Daseinskampf einer Firma.
Achims anfängliche Gegenwehr hatte Karsch noch erwartet. Achim, der bisher nur mit Jahreszahlen, Fotografien und Siegerkranzschleifen ausgekommen war in seiner berühmten Rolle, wollte für sie nicht einstehen mit einem wirklich getanen Leben, und schon gar nicht in Tonbandsitzungen mit einem sicheren Herrn Karsch, dem Westdeutschen, mit dem Karin fast ein-

mal gegangen wäre zu den Westdeutschen und Einfamilienhaus und Bürgertum, und immerhin bestand er auf Karins Anwesenheit bei solchen Gesprächen, nachdem nämlich der Plan ihm nähergebracht worden war von Angehörigen der Partei, in der auch er war. Er traute Karsch die Arbeit zu, er hatte die gedruckten Beispiele lesbar und verständlich gefunden; Karschs Vorrat an Worten und seine Art sie zu bewegen machten ihn manchmal doch mürrisch. Karsch versuchte ertragbar zu sein für den Mann, den er hatte übersehen wollen, Achim hielt den umgänglichen Ton gern für das Angebot einer persönlichen Freundschaft, er gab Karsch die Erlaubnis, andere Zeugen seines Lebens zu fragen. An vielen Stellen der Stadt und auswärts, vornehmlich in einer größeren Industriesiedlung in Südsachsen und einem Marktflecken in Thüringen fand Karsch mit der üblichen Mühe Achims sechsjährige, zehnjährige, sechzehnjährige Lebensalter und schrieb sie auf als Beiträge zur Geschichte des deutschen Stundenplans, zur Verwilderung einer Bevölkerung unterm Bombenkrieg, zur sozialen Stellung der Kinder im Schwarzhandel, zur Aufwertung ländlicher Verwandtschaft in Zeiten städtischer Armut, zur Verschiebung der Pubertät infolge erzieherischer, zufälliger, unausweichlicher Vorfälle. Von einer Großmutter Achims, aus Einwohnerverzeichnissen, von erhaltenen und überlebten Freunden, Lehrern, Vorgesetzten, Maurerkollegen, Zimmervermieterinnen und endlich auch von Achims Vater erfuhr Karsch und bekam heraus, daß Achim doch wohl angefangen hatte mit dem hetzigen Fahren auf dem Rad, als er von hier ein Mädchen besuchen fuhr hundert Kilometer in den Süden an den Wochenenden, als er sechzehn war, bis er das Kind ersetzen lernte durch sportliche Veranstaltungen und Zielbänder. Karsch kam zu seinem Spaß, als Achim T. seine Jahre 1936 bis 1947 in einem Sitz durchblätterte und las, mit vielen zustimmenden Gesten, Nicken mit vorgedrückten Lippen, überraschtem Auflachen, betroffenem Halsscheuern etwa zwei Stunden lang, und ihm schließlich die Blätter zurückgab mit einem Blick von unten und einem schlenkernden Handwerfen, das in der Clique der berühmteren Radrennfahrer neuerdings verstanden wurde als Zeichen für Ebenbürtigkeit, Lob der Leistung. Karsch staunte nicht schlecht, als Achim schon hierfür keine Druckerlaubnis hergab. So frühe Lebenszeit hatte noch keiner zensieren mögen, ja es konnte Manchem das Kapitel Kindheit nicht lang genug anhalten, nicht flüchtig genug das Kapitel der folgenden Jahre, in denen einer eher unberaten sein kann oder gezwungen zu Handlungen, deren sich zu schämen er erst imstande ist in großzügigeren Umständen. Zuerst glaubte Karsch an die bekannten Unstimmigkeiten zwischen der natürlichen Zeit eines Vorfalls und der Zeit der persönlichen Erinnerung, aber schon die Vermutung war Achim zu penibel, und dann bereitwillig ließ er sich ein vergessenes Jahr neu herstellen mit den Klassenzimmern, Tanzabenden, Kuchenpreisen und Wetterlagen, die sein Biograph ihm wiedergefunden hatte. Verwandte Mißverständnisse stießen Karsch auf den Verdacht, er habe es hier nicht mit typischen Problemen einer Biographie zu tun. Tatsächlich hatte Achims anerkennendes Handschwenken nur bestätigt, wie vertraut Karschs Maschinenschrift war mit dem Leben des berühmten Radrennfahrers; sein Blick hatte verlangt, diese Kenntnis anders zu benutzen. Nach und nach meinte Karsch zu begreifen, hier wolle einer nicht bloß sein beschriebenes Leben an Anhänger und Verehrer ausliefern, sondern Verehrung und Anhang praktischer verwalten, dazu zensieren, nämlich gut nennen und als Fehler bezeichnen, was in seinem Leben doch wirklich gewesen war und auf Karschs Blättern so stehen sollte, mit allen Zeugen und Zwischenfällen, nicht des Regens vergessen, im Fall es sollte geregnet haben. Karsch lernte den bewertenden Rückblick nicht anwenden, mit dem Achim inzwischen den Anfang seiner vernünftigen Lebensweise begriff im Anblick der selben sowjetischen Armisten, vor denen der fünfzehnjährige Achim noch vom Pflaster gegangen war mit Fäusten in den Hosentaschen, zum Beispiel; Karsch fand nicht Achims Sicht, die den, unrichtigen, Vorfall übersah, und büßte so zwanzig Seiten ein, dazu ein Mädchen aus Ostpreußen. Karsch gewöhnte sich einen Blick an, der kam bei solchen Gesprächen von unten so fern wie der eines Tauben. Er erkundigte sich nach den staatlichen Ausdrücken, die Achim für solche Belehrungen einsetzte, zögernder, verzwickter im Satzbau als in Erzählungen aus seinem Leben, der dritte Grundzug der Dialektik half Karsch so wenig wie das Leitwort Parteilichkeit. Er sträubte sich gegen Achims hoffnungreiches Zureden, er war mit der eigenen Meinung gut gefahren bis hierher und wollte damit noch weiter; Achim hinwiederum mißfiel der seminaristische, gelangweilte Schwung, mit dem Karsch ausbreitete, wie genau er wieder nicht verstand, etwa wenn Achim von seinen Reisen auf Rennstrecken in Westdeutschland Dinge erinnerte, für die es dort nicht einmal Namen gab. Ein Glück, daß Achim seinen Biographen insgeheim zum Lachen fand, ihm immerhin seine Kenntnisse im Radfahrwesen anrechnen wollte; nicht schlecht auch, daß Karsch nicht vor der Zeit verfiel in gereiztes Antworten, fahriges Widersprechen, was er eigentlich erwartet hatte nach der ermüdenden Schwere in den Gliedern, leichtem Hirnschwindeln, Schmerzen hinter den Augen, die Tage lang sich verkrochen, dann angewachsen wiederkamen.

Die ganze Zeit wurden die Tage länger, die Abende heller; Sächsisch aus den offenen Fenstern der Straßenbahn brachte ihn kaum noch zum Lachen. Einmal auch kam das Mädchen aus der Waldgaststätte mit ihm tanzen, weil er ihr eine Bekanntschaft mit Karin hatte versprechen können. Inzwischen hatte er so viele belichtete Filme in einem Schuhkarton auf Frau Liebenreuths Schrank, daß er seinen Wagen ansah auf Verstecke für die Fahrt über die Grenze. Er verstand, warum die hiesigen Staatsbesitzer eine Briefzensur angebracht glaubten; er mochte nicht selbst daran teilnehmen. Ein junger Arzt, den Karsch drei Abende kannte, bot ihm schon die Dunkelkammer in der Pathologie seiner Klinik an; Karsch hätte gern auch noch die Pathologie angesehen, er mochte seine Negative da nicht zum Trocknen hinhängen. Es kam neuerdings vor, daß er abends im Postamt vom Schalter für Marken zu dem andern ging um ein Ferngespräch mit Hamburg. Kopfschmerzen, keine Kopfschmerzen; er mochte nicht hier eine Behandlung bestellen, er dachte übrigens: es wird zwei Jahre dauern. Er war nicht mehr alle Tage auf Achse; Nachmittage lang mit den Füßen auf Frau Liebenreuths Fensterbrett las er, blickte gelegentlich zur Seite auf die weiße Lichtwolke über staubigem Parkgrün, er las nicht nur Werke der Radsportgeschichte, auch die Nachkriegsjahrgänge liberaler Zeitungen, schöne Literatur dieses Landes, Lehrbücher der Ökonomie, und allmählich war ihm mit vielen Fingern gezeigt, wo es angefangen hatte und weitergegangen war bis dahin, wo ein Herr Karsch aus Hamburg hier nur noch zu Ferien bleiben wollte, länger nicht. Manchmal, etwa wenn er Achim kriegslüsterne Barone in der Ruhrindustrie auszureden versuchte, kam ihm hinderlich bei, daß er von der Ruhrgegend vielleicht nur den Nachtschnellzug genau wußte, der einmal zwischen Dortmund und Köln nach Italien unterwegs war mit Autos und auf einem Gang mit Karsch und einem Mädchen, das schlaflos gegen die novemberschwarze, koksglühende Wagenscheibe rauchte, da wäre jeder ernst dasitzende Junge recht gewesen; Karsch hätte gern nachgesehen in der Gegend, er entbehrte westdeutsche Zeitungen, er wollte das nicht Heimweh nennen, jeder Tag hier wuchs ihm doch an als Vergangenheit. Später erinnerte er sich an die letzte Woche im Osten wie an etwas Alltägliches.

Was ihm einfiel hatte er besichtigen dürfen (nur nicht

die Sperrgebiete der Armee, so daß er mit Phantasie die Kiefernfelder und bekränzten Panzer verdrängen mußte, die die freigegebenen Wochenschauberichte ihm zeigten wie den andern Bürgern; von Gefängnissen war ihm abgeraten). In seiner letzten Woche war er meist unterwegs. Für einen Besuch in einem Lager westdeutscher Flüchtlinge bekam er Stempel, Empfehlungen, angemeldet war er auch, und er hätte also mit den Ankömmlingen vor einer Fernsehkamera sprechen sollen als der angesehene Gast aus dem nämlichen Westen, er erkundigte sich aber auf westdeutsche Art, fragte nach genauen Gründen, benutzte Ausdrücke des täglichen Umgangs, erzählte seine hiesigen Erfahrungen, es wurde gelacht, das wurde nicht gesendet. (Sein einerseits objektivistisches, andererseits subjektivistisches Versöhnlertum verfehlte die parteiliche Perspektive der Nachrichtenerstattung: das wollte er partout schriftlich haben.) Die meisten Übersiedler waren hier schon einmal gewesen; sie waren da nicht zurande gekommen mit einem Staat, der von ihnen absah, der sie nicht auf Arbeit schickte, sie nicht versicherte, sie nicht in unverfängliche Geleise drückte mit Gesetzen, Bestimmungen, Zuvorkommenheiten, der von ihnen nichts wissen wollte, als daß sie mit aller möglichen Kühnheit und Tüchtigkeit arbeiteten, anschafften, allein gegen jeden lebten und besser als der; sie kamen zurückgeschickt von gepfändeten Raten, Hinterhofwohnungen, Akkord, Krankheit, die Hoffnungen waren erfunden gewesen: sagten sie. Die ließen Karsch mitschreiben. Die Jüngeren hätten ihn am liebsten stehen lassen und gehen sehen; die waren hier fremd, die kamen aus Gründen, die zu verstehen sie nicht einem zutrauten, der dahin zurückging. Karsch gab bald auf; von den entlaufenen Fremdenlegionären, die ihm versprochen worden waren, wollte ohnehin keiner einer sein. Sie kamen weg von der westdeutschen Wehrpflicht; sie wollten nicht annehmen, was Karsch ihnen mitteilte über die ostdeutsche. Hinter manchen lief ein Haftbefehl her, Anzeigen, Fahndungsersuchen; sehr vielen war gemein, daß sie in einem westlichen Ausland noch zu nahe gewesen wären an den Eltern, Mädchen, Straftaten, die sie zurückließen; hier waren sie ganz und gar nicht mehr erreichbar, abgeschieden, zuverlässig entfernt, und mochte die Gegend eine Strafe sein, sie war doch freiwillig verhängt. Am meisten verschlug Karsch die Sprache, wie steif die Westdeutschen mit ihm ins Gespräch gingen, als hätten sie mit ihm kein Land, keine Lebensart, kaum Ausdrucksweise gemein. Sie sagten dem Dicken, er möge doch abhauen, sich dünn machen, sich verziehen nach Hamburg, sie kennten es schon. Die ließen sich aber auch von ostdeutschen Reportern nur im Profil fotografieren. Da war auch einer gekommen aus privatem Nachdenken und wollte das erklären. Das Haus stand noch voller Kinderheimmöbel, roch nach ungelüfteter Naßwäsche, die oberen Stockwerke hingen lautlos.

Karsch zählte seine Hemden und fuhr gleich nach Mecklenburg, um die Niebuhrs zu suchen, bei denen er 1945 einen Monat lang gewartet hatte. Vorher war er in Posen aus dem Lazarett nicht in seinen Panzer zurück sondern nach Danzig in Marsch gesetzt worden und dort mit einem Transport von dickbohligen Kisten westwärts. Sie waren vier Mann, zwei im Führerhaus, zwei auf der Ladepritsche mit nichts als Karabinern, und fuhren Ende März die pommersche Küste entlang bis Greifswald, schwenkten dann vor einem Gerücht nach Süden über Demmin und Malchin, das Benzin hatten sie auf den Kisten, in Städten durften sie nicht halten, im April versperrte ein Trupp Flüchtlinge eine dämmerige Feldwegkreuzung, sie nahmen drei alleinstehende Kinder mit, eine alte Frau mit einem Handwagen, den sie nicht hatte stehen lassen wollen und der nun hinter dem Lastwagen herlief, in Kurven steif auf zwei Rädern ging, Karsch gab den Kindern von seinem Brot und kriegte sie auf den Hals, ein kleines Lumpenmädchen versuchte in seinem Schoß einzuschlafen, er hatte in der Nacht eine Kiste geöffnet, er wollte damit nicht westwärts, sie waren schon wieder seit Hellwerden unterwegs zwischen blühenden Apfelbäumen, Aprilwäldern, über unbefahrene Straßen zweiter Ordnung, auf krummen Bodenbuckeln oberhalb grauer Seetücher, gegen sechs Uhr an einem Büschel Mischwald sprang er in den Graben und sah noch die enttäuschten Gesichter der Kinder, als der Handwagen schon lange um das niedrige Gebüsch getorkelt war. Er lief krumm über das kleinsteinige Pflaster in den jenseitigen Graben, das Motorengeräusch hielt an, hielt nicht an. Hinter frischgesetzten Birken fand er einen mannsbreiten Weg versteckt, der naß und gewunden auf ein Schleusenbecken hinführte. Das ebenerdige Ziegelhaus stand taufeucht in der rötlichen Dämmerung,

Laken hatten in halbwachem Wind geschlagen. Hinter der Hausecke hatte er an der Milchbank den alten Niebuhr stehen sehen, aufrecht, mit ausgestreckt hängenden Armen, wie auf Wache, mit dem Rücken zu ihm, er hatte langsam den Kopf gewandt und den Fremden mit einer eben so mäßigen Umkehrung der Kinnbewegung eingeladen heranzukommen, wie jetzt den Zurückkehrenden, als fielen die fünfzehn Jahre zu Pfefferstaub in der Sekunde, die Niebuhr nun brauchte, um den Kopf im Imkerhelm seitlich zu drehen und Karsch heranzuholen so achtsam, daß der Bienenschwarm nicht aufgeregter ihm über Helm und Hals kroch. Er sprach nicht, bis der Schwarm zum Klumpen gekrochen war und behutsam in den Eimer abgewogen werden konnte. Dann schob er den Helm in die Stirn, hielt ihn so mit einer Hand. – Ick hew ümme secht du kümmst noch: sagte er. Aber es waren nicht Niebuhrs Augen, der Blick aus dem schlaffen, stoppligen Gesicht wischte so um Karsch herum, daß er sich umblickte. Sofort hob die gestauchte Gestalt in dem blauen Maschinistenzeug die Hand in Hüfthöhe so warnend wie immer in dem vergangenen April, wenn Streifen der Feldgendarmerie oder Fremde auf das Haus zugekommen waren und Karsch aus seiner Bodenkammer in den Verschlag unter der Dachkehle kriechen sollte, neun Mal bis zum Waffenstillstand, einmal mitten in der Nacht. Damals war ein zehnjähriger Junge in Pflege auf der Schleuse, der ihm später Steine aufs Dach warf, wenn die Russen genug nach Uhren und deutschen Soldaten gestöbert hatten, Karsch hob den Ziegel blickbreit, da stand der Junge mit seinem Bruder auf dem Schleusenhof, winkte ihm mit krummem Finger, der Kleine versuchte es nachzumachen, im Haus die Stimmen der alten Niebuhrs riefen ihn durch die Decke nach unten. Jetzt stand das Haus still, kein Dampf bewölkte das Küchenfenster, nirgendwoher klapperten Holzpantoffeln auf den mit Steinplatten ausgelegten Hofplatz. Karsch fragte. Der Alte hielt den Eimer in beiden Händen vor der Brust und folgte mit dem ganzen Kopf dem umherwälzenden Schwarm. Karsch fragte. Niebuhr trottete mit dem Eimer zwischen den Apfelbäumen zu den Bienenstöcken. Karsch rief. Der ausgebleichte blaue Jackenrücken schaukelte beständig weg. Die rückwärtige Haustür war angelehnt. Karsch legte die Hand auf die Stabklinke, trat zurück. Diesmal war es Mittag, Juni, vielfältig zusammenfließende Stille aus Hühnergescharr, Wellentrieb zwischen den Molen, Windgekeuch im Gartenlaub. Auf der anderen Seite des Schleusenbeckens stand unverhofft ein Mann in der Uniform der Grenztruppen breitbeinig, beutelte schwitzende Hände in den Gesäßtaschen, grüßte zurück, spuckte in das halb verschattete Wasser zwischen ihnen. Karsch versuchte sich zurechtzufragen. Der Junge, der damals für ihn den Arzt geholt hatte, war nicht mehr da. Sein knirpskleiner Bruder, der den versteckten Soldaten immer für seinen Vater hatte halten wollen, war nicht mehr da. Karsch und der andere standen so allein in dem weitläufigen Gelände, er war versucht sich umzusehen. Pause. Die Wache spuckte ins Wasser. Karsch fragte nach Niebuhrs Frau, sie hatte ihm damals aus einem Lodenmantel eine

Jacke gemacht und aus seiner schwarzen Uniform den Konfirmationsanzug für den älteren Jungen, war sie nun tot? Auf einmal sprach der Soldat lauter, antwortete nicht, verwarnte ihn. Die Schleuse war Sperrgebiet, er war nicht zuständig, der Aufenthalt ist verboten. Er wandte sich ab und ging auf den schwarzgeteerten Schuppen zu. Der grünbunte Mischwald hatte das Kleine Eichholz geheißen. Karsch ging am Haus entlang und blickte in die Fenster, hinter denen damals das Schlafzimmer der Niebuhrs gewesen war. Auf dem Tisch vornan lagen abgegriffene Dienstvorschriften, Zigarettenpapier, ein angerissener Briefumschlag, ein Eisenbett streckte sich unter einer groben Decke, in einem offenen Spind räkelte sich schiefschultrig ein Regenmantel mit Achselklappen, eine Offiziersmütze an der unebenen Kalkwand. Das Schleusenbüro auf der anderen Seite des Flurs sah aus wie vor fünfzehn Jahren, Briefschaften waren auf den Kopf des aufgeklappten Sekretärs getürmt, der Regulator stand still. Karsch drehte sich rasch um, fand aber keinen ihn beobachten. Er ging auf die Mole, saß so zwei Stunden rauchend und betrachtete die Stadt, die an der anderen Seite der flachrunden Seebucht geduckt dasaß, mit niedrigen Hauszeilen am Wasser zu höheren Dächern bis zum rostroten Klumpen des Domturms. Der Wind riß Gischt vom Molenkopf, warf Tropfennetze über ihn. Die Stadt hatte er nicht ein Mal von innen gesehen, sie ließen ihn auch nach der Kapitulation nur nachts aus dem Haus, den Fluß hatte er gar nicht wahrgenommen, immer die Stadt überm See vom Fenster der Bodenkammer aus. Damals konnte Niebuhr reden. Er hatte eine ganze Nacht aufgesessen und versucht zu reden mit den Pionieren, die die Schleuse in den See sprengen sollten; Karsch hörte sie durch die Dielen. Er hatte für den Entlaufenen einen harmlosen Ausweis zusammengeredet. Sein erstes Plattdeutsch lernte Karsch von ihm. Er war damals sechsundvierzig Jahre alt, konnte ein schweres Ruderboot allein über die Beckenmauer hochziehen, konnte Trab laufen bis in die Stadt und ebenmäßigen Atems zurückkommen. In der Nacht danach hatte er Karsch auf den Weg nach Grevesmühlen geschickt durch die englischen Linien. Die fünfzehn Jahre seitdem fehlten. Als Karsch eine Frau mit einem Kastenkorb über den Schleusentorsteg kommen sah, stand er auf. Er bückte sich noch einmal nach einem Spaten, der verrostet und veralgt im Schilfgras verwuchs, ließ ihn doch liegen. Er stand noch eine Weile am Becken neben Niebuhr, als ein Lastkahn sich nach oben schleusen ließ; Niebuhr ließ den Schiffer die Schotten öffnen, die Tore auffahren, er nahm schweigend die Gebühren und streckte wortlos den Zettel hin, legte zwei unsichere Finger an den Mützenrand, griff nach dem Essenskorb, wollte abziehen. – Auf Wiedersehen: sagte Karsch, schluckend. Der Alte sah die Hand nicht. Aus dem Weggehen zurückgewandt, gesenkten Kopfes, mit kleinen unachtsamen Schüttelbewegungen sagte er leise, entmutigt: Ick hew ümme secht du kümmst noch . . ., trat hinter die Tür, zog sie ins Schloß. Karsch ging aus dem Gelände auf dem Weg, der ihn damals hineingezogen hatte. Die beiden Birken an der Mündung umging der hartgetretene Steig, sie waren aber ungesund angewachsen, standen halbtrocken, gleich gestorben.

Am nächsten Vormittag bog Karsch in eine kleine Stadt südlich von Ostberlin und stand lange vor dem staatlichen Hotel, mochte doch keinen Wagen mit westdeutschem Kennzeichen an dem Rinnstein übernachten lassen. Öffentliche Garagen fand er nicht; sorgenvoll verließ er das Auto in einer Kieferngegend mit Einfamilienhäusern. Unbehaglich ging er zur Stadtbahn. Denn die Beamten hatten ihm beim Ausschreiben seiner Aufenthaltsgenehmigung gesprochen von der Würde ihrer Staatsgrenzen, die niemand leichthin übertreten sollte, auch ein Gast nicht nach Belieben, schon gar nicht nach Westberlin hin, der offenen Stelle im Ostdeutschen, dem Loch, der Wunde, der ausländischen Hallig, der Sickerspalte, in die Leute schon zu drei Millionen sich geflüchtet hatten vor den Werbungen der Staatsmacht, ein Flüchtlingslager aber wollte Karsch besichtigen. Er stand noch am Bahnhofskiosk und leckte an Limonade, als ein altmodischer Personenzug den Nebenbahnsteig voller Leute setzte, die den Treppen zur Stadtbahn zustrebten, viele unbehilflich alt und unter Gepäck, besonders merkte er sich alte Frauen, am hellen Wochentag schwarz angetan, die schrägköpfig blinzelnd schon von weitem jeder Art von Uniform aus dem Weg traten, wie witternd. Karsch hatte seine ostdeutschen Papiere in einer Jackentasche, die westdeutschen in der andern, schon fühlte er sich verkleidet. Bei der ersten Kontrolle vergriff er sich beinahe, zeigte doch seine ostdeutsche Legitimation, hörte mit dröhnenden Ohren sich eine falsche Auskunft geben, sah wie träumend den verstellten Karsch, deutlich wie ein Gegenüber zwischen den anderen Passagieren, die mit mühsamer Beiläufigkeit Ostberliner Reiseziele erfanden und als harmlose Bürger sich neben und vor die Leute stellten, die sie wirklich waren mit ihrem tatsächlichen Leben, das bis jetzt und hier weggetaucht war vor dem erfinderischen Ansinnen der Staatsmacht: sie möchten noch andere werden. Nicht nur glaubte Karsch etwas eigentlich Ostdeutsches bemerkt zu haben, er war auch bestürzt über die Ähnlichkeit seines Verhaltens, so daß er die Fahrt über den lichtblitzenden Fluß, geöffnete Bootshäuser, Schleppkähne gar nicht wahrnahm und einer benommenen Frage der Flüchtlinge aufs Geratewohl die Spree zur Antwort gab. Der Kontrolle vor Westberlin reichte er seinen westdeutschen Ausweis, neuerdings verdutzt über den langsamen Herzschlag unter der hochmütigen Miene, die sein Gesicht aus freien Stücken über sich zog als westdeutsche Maske. Er rührte sich kein bißchen, als einige Fahrgäste hinausgeführt wurden. Den übrigen folgend kam er ins Lager ohne zu fragen, trocken im Mund, unerklärlich ermüdet, lahm. Ohne Gedanken sah er der Menge zu, die den Hof überlief, trat ohne Überlegung beiseite, als neben ihm Stadtpolizei Kameras des ostdeutschen Fernsehens auf die Straße abdrängte, er dachte nichts als daß alles unumgänglich vorfiel und daß er es sah. Ohne je ein Wort zu notieren, hielt er sich lediglich in der Nähe eines Reporters vom weststädtischen Rundfunk, wurde gestoßen, vorgedrückt, beiseitegeschoben, sah halsreckend immer noch die gesenkten Gesichter verschüchtern vor dem eleganten Mikrofon, das beflissen die Ursachen ihrer Ankunft hören und behalten wollte, sämtliche auf einmal. Da war die ostdeutsche Sprache ins Elend gekommen. Sie lief hier nicht um, galt für nichts als was zurückgeblieben war, ihre Zeichen vermochten das Bezeichnete nicht zu überführen, nur mit der Sprache waren die Fremden gekommen, die verständigte sie nicht, sie konnte auf Mitkenntnis nicht rechnen, kaum auf Hörensagen, und auch Karsch hätte früher nur allgemeine Sturheiten der ostdeutschen Politik, allenfalls der Landwirtschaft, auslaufen sehen, wenn er hörte: Ich hätte noch ausgehalten, aber meine Frau wollte nicht mehr; wir haben uns fünfzehn Jahre nichts gegönnt als für den Hof, umsonst; sie sind mit Lautsprechern, mit Polizei gekommen; wir dachten, sie machen zu; wir haben so lange gewartet auf Besserwerden; ich sollte nicht studieren dürfen; aus unserer Straße sind so viele weg, ich wollte da nicht allein bleiben; ich bin gestern entlassen; wir sollten mit Gewalt in die Armee; ich hab meine Enkelkinder hier; ich wollte vom Leben noch was haben: sagten sie aus, befangen, als verdienten sie Mißtrauen. Inzwischen hatte Karsch gesehen, wovon sie sprachen, er glaubte sich Augenzeuge, dabeigewesen, in nur wenig verengertem Blick setzte das Zuhören ihm das andere Land wirklich zusammen, obwohl es von hier aussah wie überzogen mit einem engmaschigen, hartfaserigem Netz aus Veränderung. Unwillkürlich unterschied sein Ohr Schichten von

Sprachentschlüssen, wenn einer, eilfertig, ängstlich, sich schon versuchte in Westdeutsch. Nicht alle waren recht ehrenwert, tatsächlich nur Manchem wollte er mehr wünschen als eben viel Glück, aber alle zusammen und jeder für sich redeten wie die verlassene Gegend, die ihm auf der Haut saß. Noch half ihnen die Fremde, das Vergangene gegenwärtig zu halten: in der Fremde muß man genau, einfach und ohne Hoffnung reden, vielleicht versteht es doch Einer. Sie waren gekommen, weil das verlassene Land anders war, aber kaum, weil das aufgesuchte so war, sie gehörten hierhin noch nicht wie dorthin nicht mehr, und in diesem unentschiedenen Augenblick war Karsch ihnen näher als ein Westdeutscher, war er von Westdeutschen abgesondert, denn er meinte ja wunder was gemein zu haben mit den Fremden an Kenntnis und Anspielung in Lippenschürzen oder Verstummen aus den neunzig Tagen, die er ihr Gast gewesen war, und es tat ihm leid um die Menge Wirklichkeit und Nachbarschaft, die sie zurücklassen würden im Vergessen, in der westdeutschen Entfernung. Wenige Tage hier, und sie waren nicht mehr ähnlich, schon lange nicht verbündet, und mußten jeder allein die abgeschlossene Lebenszeit vor der Aufnahmekommission einwechseln in die ausländischen Werte der verschiedenen Flüchtlingsscheine, in Aufenthaltserlaubnis, Kleiderschecks, Arbeitsplätze, Kredite, und in das Ticket für den Ausflug über das Land, das inzwischen verloren war. Karsch verließ die Sitzung, in die er sich hatte mitnehmen lassen, und ging über den drangvollen, hitzestaubigen Lagerhof zurück zur

Stadtbahn. Auf dem Bahnsteig erkannte er Neuankömmlinge von draußen, schon hatten sie die Vorsicht vergessen und traten harmlos aus den Zugtüren als Leute, die ihre Häuser aufgegeben hatten und nicht mehr besaßen als ihr Gepäck. Ein paar Mal fuhr Karsch zu weit, stieg unachtsam um, bis er an der Siedlung war, in der er früher gewohnt hatte. Viele Kaufleute von damals waren aus dem Geschäft, andere erkannten ihn nicht, und als er an die zweihundert Zigaretten kaufte, große Tüten voll in der Drogerie, im Schreibwarenladen, in der Fischhalle, hielt man ihn fast durchgehends für einen Ostdeutschen, der seine nette Westoma gemopst hatte. Mit Paketen unter beiden Armen ging er lange im Schatten. Wenn er blicklos vor sich hinsah, kippten die Hausfronten. Der Nacken war taub. In der Telefonzelle mußte er sich anlehnen. Er sprach mit einem Bekannten aus der Studienzeit, der mittlerweile als Arzt arbeitete, und fragte ihn um ein geeignetes Medikament. Der wollte auf die Entfernung nicht untersuchen und lud ihn ein. Karsch schützte Eile vor, er mochte seine drei Monate nicht an einem einzigen Nachmittag in Worten ausgeben. Er hätte sein Durcheinander gern entschlossen, und wäre es unüberlegt. Er verzichtete darauf, den Abend hier zuzubringen. An der Grenze nach Ostberlin fielen seine Mitbringsel auf, und er nannte eine ausgesucht unglaubwürdige Adresse in Köpenick als Reiseziel, aber der Zollbeamte hatte auch im Heißen gestanden und mochte sich nicht anlegen mit dem Westdeutschen, der sprach so langsam, dem lag der Schweiß so schwer an den Schläfen. An der äußeren Grenze Ostberlins besann er sich noch eben auf die Jackentasche mit seinem ostdeutschen Papier.

Der Nachmittag hatte ihm die Empfindung von Dazwischen auf den Leib gerückt, die war ihm so unheimlich, er brachte seine ostdeutschen Sachen ins Reine, sich in Sicherheit, zurück. Mit Achim T. ließ er sich ein auf den Streit, den er eher hätte anfangen dürfen, überließ ihm auch das Manuskript der Biographie, da es ungedruckt billig aufzuwiegen war gegen die Vorschüsse, die er genommen hatte; in der Eile vergaß er, eine Kopie abzuziehen. Auf Abschiedsbesuchen zeigte er sich erstaunlich mit einer Art von Witz, die hierzulande gar nicht Flachs heißt; Frau Liebenreuth lud er ein für eine Woche nach Hamburg, er riet niemandem dahin zu gehen für immer. Überdies war er gerade noch gedankenlos genug gewesen, auf der Autobahn einen Anhalter mitzunehmen, ohne den Jungen zu fragen, warum der unter seinem Monteurkittel nackt war. Er stritt eine absichtliche Beihilfe zur Gefangenenflucht ab, er wurde doch ausgewiesen, es paßte ihm gerade. (Damit dachte er eine Einreisegenehmigung fürs nächste Jahr gut zu haben.) Zum ersten Mal war er unhöflich genug, die Verkehrsvorschriften seiner Gastgeber nicht zu beachten, auf der vierstündigen Fahrt zur Grenze stoppten sie ihn einmal und noch einmal wegen überhöhter Geschwindigkeit, er wollte sein Ostgeld so oder so loswerden. Er hatte in der Nacht kein Auge zubekommen, in allen Gliedern war er wie zerschlagen, die Müdigkeit ließ ihn den Wagen noch eben halten;

jenseits des Schlagbaums ließ er ohne Gegenwehr sich ansaugen von den moderneren Straßen, pfiff immer noch leise, wenn sein schmutzräudiger Karren sich verfing in den glänzenden Kolonnen des Ausflugverkehrs, kam wie von Entbehrungen heimkehrend durch die nachmittäglichen kleinen Städte, hätte nicht schriftlich geben mögen, was denn nun im Vergleich ihm gefiel an den Mienen, der Kleidung der Spaziergänger, nahm sich unbedenklich für zugehörig, bemerkte in den Geschäftsauslagen nicht ohne Vorfreude all die Gegenstände und Mittel zum bequemeren Leben, atmete noch das anständiger raffinierte Benzin in der Luft wie etwas Heimatliches, und sagte sich übrigens, wenn er um Zeitungsfarben an Kioskecken rutschte, wie in Antwort auf die Schlagzeilen: Na, wartet! denn bis zum September hatte er nun zwei Monate Zeit, einen Fortsetzungsbericht herzustellen aus der Sensation, die er bei sich zu haben meinte, er sah schon die Drucktype, die Ankündigung über dem Kopf seiner Zeitung, na warte. In der Dämmerung schubste Gedränge ihn über die Hamburger Elbbrücken wie nach Hause, denn er hatte hier ein paar Jahre sich aufgehalten.
Gleich darauf konnte er nicht anfangen. Die stillstehende Wohnung hatte das Bankkonto abgeräumt, auf der Hand hatte er nur genug für acht Wochen, das war ihm zu unruhig, es hielt ihn nicht am Tisch. Seit der Studentenzeit hatte er sich nicht gestattet, Geld zu leihen, einem kleinkaufmännischen Leitsatz zuliebe, dem schon seine Eltern den eigenen Kolonialwarenladen geopfert hatten. Er fing an zu telefonieren.

Da er nicht reisen wollte, nur ungern schreiben, bekam er mit einiger Mühe bloß einen italienischen Dokumentarfilm zu übersetzen, überwand sich auch einige ostdeutsche Fotos zu verkaufen, (er fotografierte nur zu eigenem Spaß), nahm auch Vorschuß auf die geplante Serie über Hotels, bis er sich wieder unbesorgt vor die Maschine setzen und anlehnen konnte. Dazu muß einer aber unter die Leute, es ist nötig zu reden, wer wird denn da nicht einen mittrinken, im Gespräch ergibt sich, was einer alles verpaßt hat, seine Abwesenheit kommt heraus, wie denn in Ostdeutschland? Karsch benutzte den Begriff Aufenthaltsgenehmigung. Eine ostdeutsche Aufenthaltsgenehmigung für Leute von Zeitungen war nun erst recht unerfindlich, warum warst du da so lange, man sieht doch alles auf den ersten Blick. Über diesen ersten Blick mochte Karsch sich nicht verbreiten, er erwähnte das Buch über den Radrennfahrer als Beschäftigung. Über einen Radrennfahrer nicht im Ernst! Karsch versuchte, nicht mehr als das zu erklären, er mußte doch antworten mit ostdeutschen Brotpreisen, Wohnverhältnissen, Kulturpolitik. Zum Glück verliefen solche Unterhaltungen bereitwillig in müden Diskussionen über die Aussichten einer Wiedervereinigung, später in Klatsch. Es saßen ihm aber ostdeutsche Sprachgewohnheiten noch so auf der Zunge, daß er etwa riet, man müsse alles im Zusammenhang sehen, wenn er die Meinungen eines anderen zu verworren fand, und die Blicke wandten sich ihm so befremdet zu, daß er nicht mit dem rechten Schwung erklärte, dieser offizielle Lehrausdruck der ostdeutschen Partei werde da unter den Leuten witzig verstanden, andere Druckverhältnisse vorausgesetzt ... sie ließen ihn ausreden, er nahm sich doch mehr Überlegung vor. (Es war nicht so harmlos, als hätte einer von einer Englandreise immer noch ein paar ausländische Ausdrücke sprechbereit.) Auch der Taxichauffeur, für den Karsch mitunter die Nachtschicht fuhr, hupte vor dem Haus, nun sollte Karsch unter Freunden erklären: wie es denn wirklich gewesen war. Nach und nach erzählte er Achims ganzes Leben mit dem Versuch der Beschreibung, nur um dem geplanten Bericht nicht vorzugreifen. Und noch nachts am Telefon fragte ihn einer: Wistu dich wirklich nicht geirrt haben? Er holte sich auch das Kind, er fuhr mit dem Jungen nach Travemünde, verdarb ihm aber den Spaß am Mittagessen in der Schiffergesellschaft, als er ihm ausreden wollte, daß in Ostdeutschland die Polizei mit Maschinengewehren Jagd auf die Passanten machte, und er wiederholte auch seine belehrenden Auskünfte über comic strips, da wäre der Junge lieber am Strand geblieben, und das aufblasbare Gummitier kaufte er nun zu spät, er hätte doch was mitbringen sollen von der Reise. Er setzte den Jungen in der Stadt ab, zeigte ihm nicht seine neue Wohnung, sah ihn in die Straßenbahn steigen, überwand sich nicht ihn zurückzurufen. Inzwischen waren die Kopfschmerzen so dumpf verwischt, daß er sie diesem ausgenommenen Sommer zuschrieb, in dem die Hitze so windlos über der Stadt pendelte, und nächtliche Schweißausbrüche auch. Für den Herbst nahm er sich eine klinische Untersuchung vor, erst wollte er fertig sein. So matt und mau läßt einer sich mitnehmen in die Redaktionskonferenz und besinnt sich gar nicht auf die Woge von Dreck und Druckerzeugnissen, die jeden Morgen auch hinter seiner Wohnungstür ausläuft und einen Haufen Leugnungsgebrüll zurückläßt; da setzt er sich auf seinen alten Platz zwischen die Dritte Seite und Sport, die weiße Wucht aus Sonnenlicht preßt so schwer auf die Lukenfenster, dahinter die flirrenden Hafenkräne sind auf seiner Seite, der kalte Schnaps verfugt sich im Magen zu einem kantigen Klumpen, er kennt alle am Tisch seit Jahr und Tag, darauf verläßt er sich, spricht Gedachtes aus wie die Regeln des Denkens es ihm zuschieben, er hat nicht sondiert, nicht getestet, nicht durchblicken lassen, er setzt sich aus, das hätten wenige von dem gedacht.

Sie bestellten, beginnend sofort und auslaufend Ende August, eine Reportage über Ostdeutschland, sie den Abonnenten nachzuschicken in die Ferien. An eine Reportage hatte Karsch nicht gedacht. Sie gaben in Auftrag einen Reisebericht in der lockeren, appetitlichen Manier wie bekannt und gern gelesen. Daran hatte Karsch nicht gedacht. Läßt ein ständiger Mitarbeiter des Blattes mit einem unangemeldeten Urlaub die Dritte Seite zwölf Wochen lang verhungern, wird man allerseits eine Entschuldigung, wenn nicht Einsicht und Anpassung erwarten dürfen. Karsch, ja achso pardon, hatte gedacht an eine Analyse der Verwaltung, einen wirtschaftlichen Report in Hinsicht auf Wiedervereinigung, eine Darstellung ostdeutscher Folgen westdeutscher Politik, auf Verlangen ausgemalt mit Geschichtchen, die das Auge des Lesers erquicken, viertens. Das war für den August nicht geeignet, da war die Politik im Urlaub. Ja Karsch hatte übrigens auch eher den September in Aussicht genommen. Und viertens sollte die Redaktion wohl die Anerkennung Ostdeutschlands sich vorschlagen lassen. Ja, meinetwegen, ergibt sich ja. Kiebig werden; gleich gewußt; sind Sie bei sich; was versprechen wir uns; was versprechen Sie sich; ich verspreche Ihnen, laßt ihn ausreden; hören Sie zu: Dies war eine unabhängige Wochenzeitung. Ja, deswegen doch. Ein unabhängiges, auf mittelbürgerliche Bezieher eingerichtetes Blatt kann nicht mitten im Juli von einem Tag auf den anderen, ohne Weisung des Vorstands sich entfernen von den Richtlinien der westdeutschen Regierungspolitik. Nach denen mit Ostdeutschland über Wiedervereinigung nicht verhandelt werden kann, da dieser Staat nicht existiert und Schmu bei seinen Wahlen macht, was? Ganz recht. Aber Kinder ich hab es doch selbst gesehen, wie werd ich denn fünf Polizisten meinen Wagen untersuchen lassen auf Verkehrstauglichkeit, wenn nicht von wegen Staat. Dies ist wie jeden Mittwoch keine Leserversammlung sondern eine Konferenz. Ihr sollt es doch bloß drucken, Leute! Dann nehmen wir also doch den Bericht über die Gartenausstellung, Neuvorlage im September, Aktennotiz für den Vorstand, telefonieren Sie doch mit Ibiza. Gesegnete Mahlzeit. Na denn nicht: sagte Karsch. Mahlzeit.

Zunächst glaubte er sich bloß ungeschickt, schief aufgelegt, mit dem linken Fuß aufgestanden, mit welchen Ausdrücken nämlich er sich eingestand, wie unerklärlich ihm seine Regelverstöße waren, so viele auf einmal. Der gute Verkäufer hält seine Ware nicht auf der flachen Hand, sondern enthebt sie dem Gewöhnlichen durch Verpackung. Der gute Verkäufer läßt seine Ware nicht in Diskussion ziehen. Der Versuch zu überreden macht ihn einer Notlage verdächtig. Er hatte auch wieder ostdeutsche Ausdrücke benutzt, nämlich bei dem Gartenschaubericht gefragt ›Gegen wen‹ wie ein Ostdeutscher mit einer politischen Bildung, die es hier nicht gab. Er hatte gar nicht gedacht bis zu einer Anerkennung, er hatte sich zu Nicken überrumpeln lassen wie von etwas Folgerechtem. Er ging nach der Sitzung nicht allein aus der Tür, Feuilleton lud ihn zum Essen ein und sprach vom Wagnis des Thesenjournalismus, da roch er noch Neugier, Wirtschaft und Sport erklärten ihm die enge Verbindung des Blattes mit ihm aus der Weigerung des Blattes, mit ihm aufzutreten, da schmeckte er Trost, und sah er manchmal über die redenden Köpfe hinweg, merkte er andere ihm mit Blicken Maß nehmen, die er nicht zu deuten wußte, es sei denn mitleidig, und endlich ging ihm auf, daß er überfahren worden war wie vor acht Jahren als Anfänger. Er entschuldigte sich mit Eile und ging langsam den Betonkanal hinunter zum Zimmer von Seite Drei. Seite Drei hatte die Beine auf dem Tisch und beschrieb ihm mit rudernden Armen wie gut und verwertbar der Karsch früherer Gelegenheiten geschrieben hatte, – du warst für uns immer so der Augenzeuge: sagte er, was Karsch hilflos denken ließ an den gleichnamigen

Titel der ostdeutschen Wochenschau, und aus immer träger abkippenden Gedankenschleifen holte ihn erst Schweigen. Er hatte nicht zugehört. – Du bist am Ende noch nicht ganz wieder angekommen: sagte Seite Drei. Karsch vermochte seine Aufführung so wenig einzuschätzen, daß er den zweiten Schnaps zur Vorsicht ablehnte, obwohl er ihn wünschte, wenngleich ohne Eis. Zwischen den roten Häusern wälzte sich Tischzeitverkehr wie alle Tage. Auf der Fahrbahn trat ihm jemand so tölplig in den Weg, daß er einen Schritt versäumte und um Jackendicke zwei kreuzenden Wagen entkam, die ihm beide einen rascheren Schritt zugetraut hatten, so bildete er sich immerhin ein.
Vorsorge fiel ihm nicht ein. Anfragen bei einer anderen Zeitung unterließ er, da er doch jahrlang gewöhnt war an diese, an ihr griffestes Papier, die strengen Teilungslinien, den großbürgerlichen Umbruch, kaum je von Kleinanzeigen zertreten, eingerichtet auf den Zeitplan und die Vorurteile der Redakteure, deren Streichungen er inzwischen schon mit Kürzungen entgegenkommen konnte, nichts als Treue ließ ihn den Stoff aufgliedern wie üblich. Für den äußersten Fall stellte er sich seinen Bericht vor als ein Buch, mit ganzseitigen Fotografien, breitem Rand, gebunden in der biegsamen, kunstlosen Pappart, die damals den westdeutschen Markt aufkeilte; so lässig diese Überlegung war, er hatte erst einmal zu tun. Übrigens empfand er die Arbeit anfangs als angenehm. Vormittags fuhr er zur Bibliothek, verließ den Lesesaal nur einmal in der Stunde um zu rauchen,

kochte bald sein Mittagessen selbst, schrieb nachmittags seine Notizen auf Karteikarten, aus denen mit der Zeit ein Kasten für die Geschichte politischer Begriffe zusammenkam, abends war er müde genug, er ging noch für eine Stunde in die Dunkelkammer, manchmal um die Ecke zu einem Bier oder in einen Film mit Jungmädchenfleisch in unerhörten Umständen, der den Kopf lahmlegte zum Schlafen. Er schlief aber unruhig, fuhr manchmal vor Hellwerden hoch unter einem Schmerz, dessen er sich nicht erinnern konnte, lief sich wach in den morgendlich leeren Straßen. Mit der Zeit überkam ihn Betretenheit. Je mehr Kenntnisse in der Staatstheorie er zusammenbrachte, desto deutlicher wurde in jeder Versuchsanordnung, daß Ostdeutschland die klassischen Kennzeichen eines Staates aufwies wie Westdeutschland auch, was ein Staat so braucht in den Augen der Wissenschaft: ein eigenes Territorium, eine eigene Verwaltung, zu deren Verfügung Bevölkerung mit besonderer Nationalität, wenn es hoch kam Kultur; fast wurde ihm die Stirn unerfindlich, mit der die regierende Politik die Wissenschaft hinterging; mit einem Mal verblüffte ihn, wie bieder ein an außenpolitische Weisungen gebundenes Land, dessen Wirtschaft übernational integriert war, eben solcher Eigenschaften wegen einem anderen die Existenz absprach; mitunter verlor er die Geduld, sich eine Meinung zu versagen. Mit der ostdeutschen Wirtschaft kam er besser zurecht, obwohl ihre Zahlen geschickter versteckt waren; Ökonomie hatte er ein paar Semester lang mitgehört, und mit allen Lehrmeinungen der Volkswirtschaft kam er doch immer wieder auf verläßliche vier Milliarden Mark, um die sowjetische Reparationen die ostdeutsche Wirtschaft mehr entblößt hatten als westalliierte die westdeutsche vor der Währungsreform und noch danach, dazu Mangel an natürlichen Vorräten, der Neubau einer Schwerindustrie erklärten ihm den ostdeutschen Lebensstandard peinlicher, als er gefürchtet hatte, der Stolz auf den westdeutschen zerlief ihm. Und fast beängstigend fügsam bestätigten ihm Archive, Zeitungen, Dokumentationen seinen Eindruck, der doch wenig mehr als Gedächtnis im Rücken gehabt hatte, er war nicht weit von Verdruß beim Zusammenstellen der Angebote, die die ostdeutsche Seite der abgewandten westdeutschen vorgetragen hatte, bis neuerdings eine deutsche Einheit nicht einmal mehr um Neutralität zu haben war, nicht um Abrüstung, nicht um Kredite, und ob etwa um Anerkennung und Verhandlungen war nicht versucht worden; er tastete die Schreibmaschine tagelang nicht an, als er daran gehen sollte, die dreizehn Jahre westdeutscher Politik auf seinen Karteikarten zusammenzubringen unter den Hut der Wiedervereinigung, den die westdeutsche Regierung unerschütterlich trug. Das war schon Ende August, er glaubte sich in Eile, das Manuskript war nur zur Hälfte druckfertig, von da an löcherig, und er beschied sich endlich, es zu kürzen auf den unterhaltsamen Reisebericht, den er sich eher zutraute. Überdies hielt er sich vor, gedankenlos einen Plan angefangen zu haben, der allemal beliebig war, da ein Herr Karsch vor der Reise die Wiedervereinigung kaum für

das dringlichste Problem deutscher Politik angesehen hatte und nun vielleicht schriebe über Gartenbauausstellungen, wäre ihm nicht in Frau Liebenreuths Korridor der ostdeutsche Mietenstopp so aufschlüssig, die Gegend in dem abgescheuerten Treppenhaus so wirklich geworden, und das durch Zufall.
Er mag denn auch mit seinen Gedanken woanders gewesen sein als bei der lokalen Fernsehsendung, in der fünf Leute an einem krummen Tisch unter den Augen von zwei Kameras einander langweilten mit Anständen wegen der Hamburger Stadtgrenze, schief saß er da und hatte weniger Blick für die Quadratmeterpreise Garstedts als für das beschlagene Wasserglas vor ihm, und er war wohl nicht weit davon, die Stirn auf die lahm hingepackten Hände zu senken, als die muntere Wechselrede auch hier noch eine spätere Wiedervereinigung berücksichtigt haben wollte und Karsch, ohne die Schultern höflicher zu heben und das Objektiv eigentlich anzureden, in nörgelndem Ton und mißmutig wie ein Zuschauer brummte: er könne das Wort nicht mehr hören, seiner unerheblichen Meinung nach, und mit entsprechenden Artigkeiten trug er nun die Rede vor, über die alle spätere Auffassung so sich zerstritt, daß er nämlich einmal es satt habe, mit anständigen Reportagen auf Dritten Seiten sich hochzudienen, und deshalb mit einem umstrittenen Thema den Sprung auf das Spesenkonto der großen Meinungsmacher versuche, oder andererseits seine Laufbahn politisieren wolle, drittens nicht Herr seiner Wahrnehmung, nächstens ostdeutsch bestochen sei, während ihm in seinem Murmeln nur

deutlich Stadtränder mit klappernden Arbeiterfrühzügen erschienen, eine Straße mit bunten Giebeln zwischen grauen, das ganze ostdeutsche, aus der zeitlichen Nachbarschaft verlorene, vergessene, lebende Land, das er gesehen hatte, so benutzte er öfter die Worte tatsächlich, Realität, bloß hinsehen, er sprach zu schnell von Zahlen mit drei bis acht Stellen, auffälliger Weise ließ er auch nicht von einer Beschreibung eines eigentümlichen Geruchs schon über der ostdeutschen Autobahn, später Phenol gemischt mit den Ausdünstungen der Küchen, Treppenhäuser, offener Kneipentüren und Straßenbahnen, er gebrauchte das Wort Anerkennung gerade im erkenntniskritischen Sinn, stellte aber den Anwesenden und dem hitzematten Nachmittagspublikum eine diplomatische Anwendung des Ausdrucks frei, kam endlich sehr ordentlich auf Garstedt zurück, so daß der Ton erst mit seinem abschließenden Seitenblick ausfiel, denn die Besatzung des Regieraums war nicht für solche Zwischenfälle ausgewählt und ließ das folgende Geschrei minutenlang stumm zappeln auf dem Schirm, bis wahrscheinlich aus Versehen ein Finger rutschte auf den Knopf für das Einblenddia von der sogenannten Technischen Störung, hinter dem entging den Zuschauern auch noch die ungewohnte Szene, wie einer weggeht von den Kameras, sich hinter die edelgrauen Kulissen verdrückt, und nämlich nicht auffahrend, mit hochgerissenem Kinn und Drohblick, sondern schwergliedrig, in krummer Haltung, mit dem Anschein traumtiefer Müdigkeit, mit anerzogenem Rücknicken über rechte Schulter, das denn doch. Er horchte

auf Schulterschmerzen, die sich gewichtig, nicht störend, in seine Nackenmuskeln stemmten, und eine Empfindung von Leere unter der vorderen Schädeldecke ließ ihn fürchten, auch einen gewöhnlichen September werde er nicht bis zum Letzten aufrecht durchgehen. Tatsächlich gab er sich vor Dezember nicht genug Zeit, eine Klinik um Erklärungen zu bitten.
Denn gleich am Abend hatten ihm die Mädchen vom Kundendienst der Post eine dreiviertel Stunde lang telefonische Bestellungen auszurichten, darunter solche, die sie ihm lieber aufgeschrieben zuschicken wollten, um sie nicht nachsprechen zu müssen, und sie hatten der Stimme des Auftraggebers solche heiklen Verhältnisse nicht zugetraut. In den folgenden Wochen war er unterwegs zu Jugendgruppen der zugelassenen Parteien, zu Studentenausschüssen, zu Privatleuten, die ihn eingeladen hatten als Redner der Versammlung, Teilnehmer der Diskussion, Partner vertraulicher Erwägung, so daß er ausreichend Hotelzimmer zu sehen bekam, ohne die Serie über Service doch anzufangen, denn nachts an den unzulänglichen Schreibtischen saß er über einzelnen Sätzen seines Reiseberichts und mühte sich, sie mit anderen Worten so vielflächig und szenisch zu machen wie seine Erinnerung war, dabei auch noch nicht ohne das Bewußtsein von Vergeblichkeit, Irrtum, Zeitverschwendung. Denn warum noch versuchen, die beiden deutschen Provinzen miteinander bekannter zu machen, wozu denn sich einlassen auf die kleinliche Niedertracht, mit der sie einander Maß nahmen, als wäre das Jahr 1960 jeweils an der Grenze zu Ende,

warum schreiben, Briefe beantworten, Auskunft geben, wenn die Veranstaltungen auslaufen in Beifall und Biertisch wie nach beliebiger Unterhaltung und Genuß von Nachrichten aus fernem Land, wenn der Briefträger der mutmaßlichen Judensau schöne Empfehlungen bringt vom Rollkommando Wandsbek, wenn allmählich die Spaltenschreiber der kleineren Zeitungen dem unbekannten Journalisten so etwas wie Repräsentanz und moralisches Recht absprechen, wenn er dafür fast jeden Abend den Aufruf zu einer parteipolitischen Führung von sich weisen muß und die Verachtung der Neunzehnjährigen für den feigen Bürger anzieht, weil er für nichts einstehen will als für seinen Bericht, nicht für ein Urteil. Bald bekam er regelmäßig Streit auf offener Bühne, weil er neuerdings die Aussprachen eröffnete mit der Frage, warum, aus welchen Gründen, mit welchem Recht, wozu auch die Damen und Herren sich vereinigen wollten mit den Fremden, Brüdern, Schwestern, die seit dem Krieg in ungebrochener Haltung hätten entbehrt werden können, und nach dem lärmlosen Hohlraum seiner Wohnung unter dem blauschiefrigen Dach, dem mehr verdunkelten Himmel verlangte ihn so häufig, daß er gegen Ende Oktober wohl aus freien Stücken seine Rolle hingeschmissen hätte, wäre dem nicht die polizeiliche Haussuchung mit dem Verdachtstitel Landesverrat zuvorgekommen.
Er war nicht am Ort, und die Fahndung hatte seinen Namen nicht gefunden im Bremerhavner Hotelregister, so daß er in der Nacht darauf ohne Verständnis innehielt auf den knackenden Bohlen der Vorder-

diele, als rundum im unteren Stockwerk hinter den Türen Stimmen laut wurden mit mäßigen parlamentarischen Beschimpfungen für den Kerl ohne Staatsangehörigkeit, dem der üble Trick mit dem Kauf des oberen Stockwerks nichts nutzen werde gegen Anwälte, die es in Hamburg gebe zum Kündigen von Verträgen. Karsch setzte den Koffer ab und ging die halbe Treppe hinunter zu der Lichtritze über einer Türschwelle, die unter seinem Klopfen aber wegsprang, Antwort bekam er nicht. Die Wohnungstür hing angelehnt, das Schloß war unbeschädigt. Die Sessel standen steif und gradeckig um den Tisch gerückt, wie in einem Schaufenster. Neben der Schreibmaschine war die behördliche Unterrichtung zurückgelassen, auch die Kündigung der Putzfrau. Die Wäscheschränke waren aufgeräumt wie von Militärs, die Matratze gewendet und frisch bezogen wie von Hausmädchen. Aus den Stahlkommoden, die alle wieder verschlossen waren, fehlte der Kasten für unerledigte Briefe, alle Karteien, Negative, vom Schreibtisch die Tinte. Das Verzeichnis der beschlagnahmten Gegenstände ging auf die einzelnen nicht ein, nannte keine Zahlen, hatte aber zum Schluß aufgeführt einen Kellnerblockzettel mit einer Nachricht in Kinderhandschrift. Karsch blieb da eine halbe Stunde ohne sich hinzusetzen, verließ mit zwei Koffern das Haus, fuhr über die Stadtgrenze, verabredete sich mit L. und kam am anderen Vormittag mit der Stadtbahn herein, wartete in der Kantine des Synchronstudios.

Herr L., auf den wir sonst nicht eingehen müssen, hatte das Geld bei sich, nahm die Vollmachten, versuchte aber auch, ihn umzustimmen, denn so wenig er einsehen konnte, wie einer ohne Angehörige in Ostdeutschland Wochen lang bestehen kann auf Gerede von einer Wiedervereinigung, er hielt doch den Zustand von Karschs Wohnung für ein Mißverständnis, – wessen denn? fragte Karsch, und hatte nicht zugehört, hockte vor dem großen Klaren am frühen Morgen, hielt einen Arm mit dem andern vor der Brust wie ein Frierender, schabte manchmal mit dem bartstoppligen Kinn auf der Schulter, dabei fielen ihm die Augen zu. Er wollte nicht reden. Er machte nur einmal geltend, ihm seien mit den Karteien acht Jahre Arbeit weggekommen, ohne Karteien könne er nicht weiterarbeiten; er hielt nur der Höflichkeit zuliebe aus am Tisch, sie gingen nach einer Viertelstunde auseinander. Inzwischen, obwohl die Behörden ihren Einfall weder ausgenutzt noch zurückgenommen haben, zwar mangels Adresse, nach all der Zeit wird auch Karsch eher nach Erklärungen suchen in der ungewöhnlichen Post, die er seit seiner Rückkehr bekommen hatte, nämlich Briefe oder Ansichtenpostkarten aus Ostdeutschland von Leuten, die zufällig auf dem Bahnhof von Jüterbog, im Ratskeller von Erfurt oder sonst wo ins Gespräch gekommen waren mit einem Besucher aus Westdeutschland, der ihnen für alle Fälle, wegen Spaß oder Hilfe, seinen Namen mit Adresse auf Fahrkarten oder Streichholzschachteln gemalt hatte, nun mußte man ihm Andeutungen schreiben, die er vielleicht noch verstand, gewiß nicht aber die ostdeutsche Zensur, und oft hatte Karsch ähnlich rätselhafte Grußworte auf Postkarten zurückgeschickt, wenn er nicht gerade die Tür aufmachte und eine Person davor sah mit Koffern und der etwas umständlichen Erkundigung: wir kennen uns doch; inzwischen ist die Klingel abgeschaltet, hinter der Tür rührt sich kein Schritt, es kommt keine Post mehr mit dem Anschein von Geheimbündelei, wird auch keine beantwortet.

Herr L., der mit Karschs Angelegenheiten wahrlich nicht hausieren geht, macht was her von einem Vorfall, der sich vor seinem Treffen mit Karsch im Studio zugetragen hatte. Sie hatten da eine Bandaufnahme eilig fertigzustellen, und da der Sprecher allein mit den Lampen und Mikrofonen im Aufnahmeraum nicht seinen bestmöglichen Vortrag zustandebrachte, fragten sie einen deutlich übernächtigen Herrn, der im Korridor wartend an der Wand lehnte, ob er nicht den Zuhörer machen wolle für zwanzig Minuten, damit sie für ihr Geld genug bekämen von der besonderen Fähigkeit des reizbaren Schauspielers, und der Fremde, wiewohl er den Mund nicht auftat, ließ sich gleichmütig hinter die doppelten Türen führen, ließ sich nieder, blickte der speziellen Charge auf die Lippen. Dabei muß er im Regieraum hinter dem Glas seine Frau gesehen haben am Schneidetisch, an den sie nach der Scheidung zurückgegangen war, jetzt sechs Jahre älter, immer noch mit der Vorliebe für glockige Röcke und gemischte Pulloverfarben, sie trug die Haare kürzer als damals, sie aß gerade mit kleinen Bissen von einer lockeren Kuchenschnitte, hielt eine gewölbte Hand unter die andere, hatte den Kopf schräg zur Tiefe des Raums gewandt und sagte mit ganz geringen Lippenbewegungen, in einer scherzhaft schuldbewußten Art etwas zum Tonmeister, was Karsch nicht gehört haben kann durch die doppelten Scheiben, wenn er es auch vielleicht ebenso im Ohr haben mochte wie das kugelige, dunkle Auflachen, bei dem sie die freie Hand an die Kehle legte, als wolle sie es darin festhalten. Er hat sie wohl nicht stören wollen, wieso dreht denn einer seinen Stuhl und sich mit dem Rücken zur Regie, wenn deswegen die Sprechprobe wiederholt werden muß, und später fiel den Leuten Karschs Gesicht wieder ein, so undeutlich das Foto in der Zeitung auch herauskam. Den Dezember über war er in einer Klinik in Mailand, dann versuchte er in Rom Arbeit zu finden, ging schließlich nach Mailand zurück, die nötigen Leute nahmen ihm seit langem sein Italienisch ab, er hat zwei Zimmer vor der Stadt, nach Westdeutschland kriegt man ihn nur zu den nötigsten Fällen, und so nötig ist es gar nicht. Er hat mehr Eigenheiten seitdem, beantwortet private Briefe gar nicht und geschäftliche nur mit wenigen Zeilen, gibt keine Telefonnummer an, schickt seine Manuskripte ohne Grüße, zahlt seine Steuern in Italien, von dem er Ansichten hat, die wir für verständliche Vorurteile halten, wenn wir manchmal noch über ihn reden, so zu sagen beispielmäßig über einen Fall, in dem einer wegen einer fehlberatenen Polizeiaktion sich gleich für immer ausgeschlossen meint von den Bürgern, oder einen anderen, in dem einer Alterserscheinungen für Einsichten hält. Seine Berichte lesen sich wieder wie vordem, und eine annehmbare Zahl von Lesern kaufen die

Zeitung wahrscheinlich wegen der Seite Drei, auf der er mit hübschen Einzelheiten, so mit Wind und Sonnenschein auf den Markisen, schreibt über persönliche Verhältnisse der italienischen Politik und Industrie, oder einfach einen sonnendunstigen Morgen in den Westalpen so angenehm, daß Mancher gern und lieber da wäre als alle Tage hier und in der Not der deutschen Teilung, von der öfter mal die Rede ist, mit der wir so leben.

Jehova war der Herr, der das Meer und das Trokkene gemacht hat, und die Juden waren sein Volk, er schloß einen Vertrag mit ihnen. Der ging über die menschlichen Kräfte, von Zeit zu Zeit geriet er in Vergessenheit. Dann erweckte Jehova einen Vorbedachten und Auserwählten in seinem Volke zum Propheten, der sollte dem König mit seinen Großen und ihren Untertanen sagen, wie der Herr es meine. Jesaja lebte im Unglück mit seinen Reden, Jeremia kam in die Kloake zu sitzen. Die Seele des Propheten ist empfindlich und wissend und zweiflerisch, um die Stimme des Herrn zu hören und das Unglück zu erfahren.

Als die Bosheit und Sünde der Stadt Ninive vor Jehova gekommen waren, geriet er in Zorn wegen seines Gesetzes. Er berief Jona (den Sohn Amitthais, von Gath-Hahepher) und beauftragte ihn mit dem Ausrufen seines großen Ärgers und mit der Verkündung des nahen Untergangs in den Straßen von Ninive.

Da wollte Jona nach Tharsis fliehen. Die gelehrte Forschung dieser Hinsicht meint, daß diese Stadt vielleicht in Südspanien vermutet werden könne, und hält eine unvergleichliche Entfernung für jedenfalls wahrscheinlich. Als das Schiff aus dem Hafen von Joppe gelaufen war, drückte Jehova einen gewaltigen Wind ins Meer, und es entstand ein gewaltiger Sturm auf dem Meere: so daß das Schiff zu scheitern drohte. Die Besatzung warf das Los über den Schuldigen, und das Los fiel auf Jona. Er soll ja geschlafen haben. Sie holten ihn an Deck und schmissen ihn über Bord, zumal er es selber für das Beste hielt. Und das Meer wurde still. Und Jehova entbot einen großen Fisch, der verschlang Jona, und Jona sang drei Tage und drei Nächte im Bauch des Fisches zu Jehova, seinem Herrn. So heißt es. Dann spie der Fisch ihn ans Land, und Jona ging nach Ninive.

Ninive war eine über alle Maßen große Stadt und nur in drei Tagesreisen zu durchqueren. Und Jona ging in die Stadt hinein eine Tagereise weit; dann predigte er: Noch vierzig Tage, und Ninive ist zerstört!, und die Leute von Ninive erkannten Gott in seinem großen Ärger. Sie riefen ein schlimmes Fasten aus und kleideten sich in ihre Trauergewänder. Und der König von Ninive bedeckte sich mit dem Trauergewand und bestrich sich ein wenig mit Asche. Der König befahl: Menschen und Vieh sollen nichts genießen, sie sollen nicht weiden noch Wasser trinken. Sie sollen sich in Trauer hüllen: Menschen und Vieh, und mit Macht zu Gott rufen, und sollen ein jeder sich bekehren von seinem bösen Wandel und von dem Frevel, der an seinen Händen ist. Wer weiß, vielleicht gereut es Gott doch noch. Als Gott nun diese Dinge alle sah, die sie tun wollten, gereute ihn das angedrohte Unheil, und er tat es nicht.

Das verdroß Jona sehr, und er ging zornig weg. Er baute eine Hütte östlich der Stadt und saß darunter, bis er sehe, wie es der Stadt ergehen werde. Und zum dritten Male redete Jehova mit ihm: Ist es recht, daß du hier sitzest und lieber sterben möchtest als noch weiter leben? Aber Jona antwortete, das sei recht, denn warum habe er nach Tharsis fliehen wollen? Weil du nie tust, wie du gesagt hast und wie es gerecht ist nach deinem Gesetz! Und der Herr entbot einen Rizinus, dessen Saft als castor oil gehandelt wird anderswo in der Welt; der wuchs über Jona empor, um seinem Haupte Schatten zu geben und ihm so seinen Unmut zu nehmen. Über diesen Rizinus freute Jona sich sehr. Am folgenden Morgen entbot Jehova einen Wurm, der beschädigte den Rizinus, so daß er verdorrte. Und der Herr setzte Jona zu mit hartem Wind und großer Hitze. Da wünschte Jona sich den Tod. Der Herr aber sprach zu Jona: Ist es recht, daß du so zürnest um des Rizinus willen? Jona antwortete: Das Leben ist mir verleidet. Da sagte Jehova, sein Herr: Dich jammert des Rizinus, um den du keine Mühe hattest, der groß gewachsen ist und verdorben von einem Morgen zum anderen. Warum jammert dich nicht der großen Stadt Ninive, in der über hundertundzwanzigtausend Menschen sind, die zwischen links und rechts noch nicht unterscheiden können, dazu die Menge Vieh?

Und Jona blieb sitzen im Angesicht der sündigen Stadt Ninive und wartete auf ihren Untergang länger als vierzig mal vierzig Tage? Und Jona ging aus dem Leben in den Tod, der ihm lieber war? Und Jona stand auf und führte ein Leben in Ninive? Wer weiß.

Walter Maria Guggenheimer
Nachwort

Eines Tages rief mich Peter Suhrkamp zu sich und übergab mir (ein wenig geheimnisvoll, es gab zu Beratung Berufenere) ein ungemein sauber, übersichtlich geschriebenes Manuskript. Ich las die Nacht durch, es war ein Roman, da kamen drin vor ein junger Mann und ein Mädchen, die besuchten die städtische Oberschule an einem mecklenburgischen See, meinten es auf eine distanzierte Art gut miteinander und mit dem Staat, der sie und alle ihres Alters in eine sozialistische: den Maßen des Menschen gemäße Zukunft führen sollte. Am Ende des Buches aber fuhren sie, unfroh, dem andern Teil Deutschlands zu, der ihnen fremd und, obgleich reicher, wenig achtenswert, ja etwas lächerlich erschien. (Erinnere ich mich recht?) Es war etwas geschehen, hatte sich etwas angebahnt, ein Mißverständnis? Oder schlimmer: ein Verständnis? Wir sprechen noch darüber.
»Wie denken Sie sich den Verfasser?« fragte Suhrkamp am nächsten Morgen, ich hatte versucht, rechtzeitig da zu sein. »Fontane ist ja tot«, sagte ich. »Eben«, sagte er, »der ist es auch nicht. Er ist ungefähr zwanzig Jahre alt.«
Ein zwanzigjähriger Klassiker; und lebte drüben. Wo sie ihn, unzurechtgerückt jedenfalls, am Talent sei freilich nicht zu zweifeln, überragend, nicht drucken wollten; nicht konnten. (Mit welcher Art Leute die wohl dachten, kann man Sozialismus machen? Aber

da lachen die Experten in Volksbewegung, und heut noch laufen ihnen die Leute weg, gewiß nicht die Schwächsten, und nicht die Feigsten, denn unter vielerlei Gefahr; und es lachen die Filmleute und gehen in Konkurs; und es lachten die Generale und verloren Krieg auf Krieg; man muß nur auf etwas spezialisiert sein, wenn man Deutscher ist.) Aber auch bei uns druckte man die Sache nicht, ein bißchen viel Sonne und See, grenzte geradezu an Blut und Boden, und Stil und Aufbau eigentlich doch eher konventionell, oder was sonst zu bedenken war.

Ich murrte, doch sieht man zurück, so konnte es am Ende besser gar nicht laufen. Dann trafen sich Suhrkamp und Johnson manchmal, haben einander wohl nicht viel geschenkt (außer verschwiegenem Vertrauen); wie diese Norddeutschen eben sind.

So also war ich an Uwe Johnsons schreibendes Arbeiten gekommen. Das nächste Mal, es vergingen kaum zwei Jahre, las ich, als erster möchte ich meinen, von Wind und Nebel, einem pommerschen Dorf dicht am Wald (schon wieder Natur), doch auch vom unübersehbaren, in Übersehbarkeit gezwungenen Großstadtbahnhof, von den eilig wechselnden Schlaf- und Arbeitsstätten Eines aus dem östlichen Geheimdienst, von einem Institut für Anglistik, die Konstruktionsteile der Geschichte mochte man sich selbst aus den vom Geschichtenerzähler vorbedachten Verstecken zusammensuchen, und die Sprengstücke der deutschen Syntax, ja jeder erriet, doch wer errechnete die erstaunlichen Aggregate, zu denen sie sich da neu kristallisiert hatten? Alles andere freilich an Uwe John-

son war geblieben. Alles was? Alles, worüber ich immer einmal nachdenken wollte.
Es war übrigens das letzte Buch, das ich für Peter Suhrkamp las; ein paar Tage später warf ein Herzanfall mich aus aller Arbeit; als ich ins Bewußtsein zurückkehrte, war Suhrkamp gestorben. Er hat das Buch nicht mehr gelesen. Die erste Nachricht, die Siegfried Unseld mir ins Krankenhaus sandte, war: *Mutmassungen über Jakob* seien angenommen. An ein paar Stellen hatte man für den des Denkens auf eigene Gefahr vielfach entwöhnten Leser ein bißchen beim Autor plädiert. Schwieriger wurde es wohl mit den Kommata, und ihretwegen gab es ja auch ganz hübsch kritisches Gerede. Seine (wohl etwas überschlägige) Erklärung bei einer Lesung in München, das unbefriedigende Funktionieren dieser Satzzeichen in der schulgerechten deutschen Sprache stamme von der übernommenen lateinischen Grammatik, habe ich dem Autor nicht ganz abgenommen. Das war ja noch das Harmloseste, wie er es mit den Kommata trieb (sie wegließ), aber was mußten die Doppelpunkte erleben (die braucht er). Ich glaube, selbst ihm, der so stupend vieles weithin sich zurechtzulegen weiß, fiele es schwer, heute schon eine Systematik seiner Interpunktion zu entfalten. Wozu auch. Das werden, in den nächsten paar Jahrzehnten, viele an seinem Beispiel versuchen. Wir sind heute so weit mit unserer Sprache, daß uns nur übrig bleibt (und ist es nicht am Ende großartig?), alles Neue abzuklopfen auf Einsichtigkeit; auf Lebenskraft natürlich auch.
Und wem, bei der Gelegenheit sei drum gebeten,

irgendwas in diesen Zeilen nach Johnson-Imitation klingen sollte, der möge Geduld üben; es geht einem bei dem jungen Mann leicht wie bei Brecht und Bibel, an die beide er selbst so oft gemahnt: man gerät unversehens, kann man das sagen? in ihr akustisches Kielwasser. Aber kein Unberufener hält da lange durch (er selbst verliert, in Augenblicken der Schwäche, seine eigene Spur.)

– Bis zur Bedenkenlosigkeit verlockt also nahm ich den Auftrag zu diesem Nachwort an, habe mich selten so ratlos gefühlt wie seitdem. Im Grunde ist, was Uwe Johnson unter den deutschen Schriftstellern auszeichnet, so unerforscht wahrhaftig nicht geblieben. Und nicht nur obenhin: »die große deutsche epische Hoffnung«, »kein Zweifel, der methodischen Intelligenz, der sprachlichen Gegenwärtigkeit dieses Buches ist nichts aus der deutschen Literatur dieser Jahre ebenbürtig«, oder etwa lediglich des Gegenstands halber: »Roman der beiden Deutschland« (*Mutmassungen über Jakob*), »Das erste wirklich wichtige Werk über unsere große Frage« (*Das dritte Buch über Achim*); auch eindringend ins denkbare Recht und Für und Wider (und das Woher gar) der Rätsel, die er, den Redenden oder den Angeredeten erst spät verratend, gelegentlich dem Lesenden aufgibt (»auf Vexierrätsel den Begriff unterhaltsam nicht anzuwenden, das hieße ihn sehr eng begrenzen«, meint er einmal in einem Interview); und nun ist ihm, in Nr. 96 der *Neuen Deutschen Hefte*, mit kameradschaftlich-germanistischer Gründlichkeit Herbert Kolb auch auf die parataktischen Schliche gekommen: auf die

hinterhältigen Methoden, auszubrechen aus dem Gefüge eines deutschen Satzes, so wie ihn (wohl oder übel und ohne Vorwurf zu verdienen) ein Lehrbuch vorgeschrieben hätte, nachzuhorchen dabei der Art und Weise, wie Der oder Jener oder noch ein Weiterer, Nachdenklicherer, spräche, und mit dem Zweck der »Ineinanderkomposition von Sachmitteilung und Subjektsteilnahme«; worauf es denn tatsächlich wohl ankäme.
Günter Zehm im *Monat* allerdings fand, sehr schürfend, Johnson suche danach, am Menschen vorbeieilend, auszuruhen bei den Dingen; ja er laufe Gefahr, sich zu ihrem Sklaven zu machen. (Voreilig sei es dennoch, von einem »Chosismus« Johnsons zu sprechen; also dies doch nicht.) Ich war recht betroffen. Da hatte ich, sehr altmodisch und unerlaubt naiv, wieder einmal alles mißverstanden. Natürlich war mir die Frenesie der Sachkenntnis aufgefallen: bei der berühmt gewordenen Unterweisung im Dispatchen von Zügen aber hatte ich an Jakob gedacht, dessen unvermutet nervenzerrende Arbeit das nun war; bei der hinreißenden Studie über Herrn Rohlfs' alte Landesaufnahmen an Jakobs und Gesinens nächtliche Flucht vor den verfolgenden Scheinwerfern der Staatsmacht; beim Unterricht über die Bedingungen, unter denen es zur Selbstlenkung eines Rennrades kommt, ging mir nahe, wie aller Bescheidenheit bar Achim erst sie (die Bedingungen) zu kennen vorgab, dann, Verzeihung erbittend, zurückkehrte in die Gemeinschaft der immer noch Zulernenden – »sehr beruhigend suchte das Gefühl der Ordnung ihn auf«; ja ich

hatte, nicht ohne Grund wie mir schien, dies für eine ganz wichtige Wendung zu der gutwilligen Kollegialität gehalten, mit der er, von den tretenden Beinen nun mal ganz abgesehen, seine politische Karriere unterm System der Kollektive schafft.

Bis zu diesem Achim, denn da komplizieren sich die Dinge, wenn schon sehr folgerichtig, war ich ja nachgerade verliebt gewesen in Johnsons Menschen, still spöttisch, wortlos verstehend, verläßlich, die Cresspahl, Jakob und die junge Dame Gesine mit dem »bauerntöchterlichen Mädchenantlitz«, von der man ja so sehr viel Genaues nicht erfährt – so wie in *Osterwasser* hatte man sie sich aber, dreizehnjährig, robust besorgt um Schönheitszauber, gedacht. Ich fragte mich, ob Johnson je Mädchen anderer Art würde vorstellen wollen. Es wird ihn Überwindung kosten, schätze ich.

»Wie gehen sie um mit den Menschen«, grollt, sonst nicht weiter verwickelt in die »Kämpfe der Klassen«, der alte Cresspahl gegen die Staatsmacht, die dort auf Arbeiter und Bauern sich beruft; und meint nicht so sehr Bedrückung als Brechung (von der Corrumpierung, der Parallele im Westen, hat ihm Tochter Gesine, die bei der NATO dolmetscht, nicht viel erzählt.) Und nicht vor Bedrohung waren, in Johnsons früher Schülergeschichte, die beiden Kinder geflohen, sondern vor Bedrängung ihres Sinns für Sauberkeit.

Johnson hängt ja, mehr als an mancherlei Dingen wohl, an seinen Leuten: getreulich, und auf literarisch nicht durchaus landesübliche Art gehen ihnen die Texte, die hier beisammen stehen, weiter nach, ins

Vormalige und nach der späteren Zeit hin, Gesine, die nun im Westen mit einem nicht ehelichen Kind östlichen Ursprungs zurechtkommen muß, und Karsch, der an Achims dritter Lebensbeschreibung scheiterte, und nicht zufälligerweise noch ein weiteres Buch nicht zustande bringt.

»... ich kann ja etwas über den Stuhl sagen«, schreibt Johnson; es ist der Lehnstuhl von Achims Vater, und der Autor ruht nun aus bei dem Ding, während jener, werkelnd und verstellend, sich mit ihm abplagt. »Ach ja?; soll in diesem Vorbeugen und Abwenden zu Beschäftigung aber Zögern zu erkennen sein und Ablenkung ...?« Es ging also doch wohl auch diesmal um den Menschen; seine Verlegenheit. Achim nämlich ist nicht mehr Partner, oder Opfer, Gegner, willentlicher Diener dieser Staatsmacht mit dem »erfinderischen Ansinnen«, die Menschen »möchten noch andere werden« (wie es in unserem Text *Eine Reise wegwohin, 1960* heißt): er ist bereits ihr Produkt.

Ich kann nicht finden, worüber so viele sich einig scheinen, daß es Achims Bedenken gegen diese oder jene Episode in Karschs Biographieversuch an sich sind, die ihn und seine Welt der hiesigen so unbegreifbar fernrücken. Die Szene mit der Erhängung des flüchtigen Gefangenen hätte wohl auch der westliche Gewerkschaftsmann nicht gern in seinem Curriculum gesehen, mit dessen Portrait Karsch reüssierte, und sofern er, jugendlich, einmal einen Ostermarsch mitgemacht haben sollte, so wäre ihm ein Foto davon heute auch nicht recht angenehm gewesen. Behindert wird die Wahrheit überall, Karsch wird es zuhause rasch genug lernen, und man wundert sich ein wenig, daß er es noch zu lernen hatte. Was ihn in Leipzig, oder wo er da eben gewesen war, zur Verzweiflung trieb, war die weiche, dringliche, einhellige Welle der gutwillig zuredenden Gründe, dies »daraus kann man nichts lernen. Denken Sie an all die Menschen, die das Buch lesen werden und glauben und ihr eigenes Leben verändern nach dem von Achim.«

Dies: daß keiner mehr glauben, ja hoffen mag, verquere Wahrheit (eines vielmals gebrochenen Lebens) könne weiter helfen (denn geholfen soll doch wohl werden? Karsch weiß noch nicht recht) als gelogene Glätte.

Es mag eine Frage der politischen Anteilnahme sein, ob und wie sehr es einen bekümmert, wenn es dort oder da so weit gekommen ist mit dem Mißtrauen gegen die Wahrheit. Johnson, so schien mir, war, wie seine Karin, »auf eine zähe, dauerhafte Art aufgebracht« darüber, und wie oft bricht sein Zorn, unverwechselbar, aus: wenn jener Bauer, dessen Selbstmord für Karin in vielen Weiterungen so üble Folgen zeitigt, sich keineswegs aufhängt, weil er Haus und Hof in eine Genossenschaft einbringen muß, sondern weil er im Vertrag »das Wort Freiwilligkeit in versicherter Form entdeckt«. Und wenn am Ende der *Reise wegwohin, 1960* unser westdeutscher Karsch aus der Bundesrepublik in ein annehmliches Ausland flieht, dann nicht weil die Leute hierzulande so oder anders über die Spaltung denken, sondern weil sie. Nein. Sie lügen nicht einmal. Sie leiern.

Über die Schwierigkeiten beim Schreiben (und Sagen)

der Wahrheit ist ja, seit Brecht, mehrfach diskutiert und auch schon nachgedacht worden. Die verwirrendste ist doch gewiß, daß die Lüge nicht mehr unbeschädigter, in ihrer Anordnung jedoch die Wahrheit schädigender Worte bedarf, sondern in die Worte selbst geschlüpft ist, die selbsttätig im Munde des Redenden sich wenden, sich verdrehen, und in keiner der an ihnen gewohnten Anordnung mehr Wirklichkeit vermitteln. Johnsons alternder Karsch merkt das, sobald er im politischen Streit ans Wort Anerkennung sich gewagt hat. Sein soviel jüngerer Autor ist von je weniger vertrauensselig gewesen: immer kämpft er darum, Wort nach Wort zu der ihm gebührenden Raison zu bringen. Manchmal genügt es ihm, sie durch Aufspaltung, oder aber durch verfremdenden Zwang zu ungewohnten Vor- und Nachsilben, an ihre Ursprünge, damit an ihren Sinn zu erinnern (das kann auch mal sehr kauzig klingen, wie man ja überhaupt da oder dort einen leisen Sehnsuchtsseufzer nach Raabe oder Jean Paul mitzuhören vermeinen mag.)

Mitleidslos, angeekelt aber läßt er jede Vokabel fallen, umgeht sie mit List, die zur bloßen Formel für nicht mehr vorgestellte Wirklichkeiten wurde; gemacht wurde. Die im östlichen Deutschland aus erregendem Anlaß umstrittene Normenerhöhung heißt bei ihm: willentlich vermehrter Fleiß zugunsten des Staates. (Nun überleg noch einmal ob du willst. Vielleicht auch willst du?) Im Buch über Achim kommt es zu einem merkwürdigen Gespräch. Karsch spricht da, rückblikkend auf die Jahre unter dem unvergessenen Führer, von dem »Verein für große Verschlechterung des Lebens in Deutschland« (spricht Karsch so? Johnson?) und wird unterbrochen: warum sagen Sie nicht: »die Faschisten, die mit den Geldern des Kapitals in seinem Dienst ...« Ja, warum nicht? Zweifelt er? Weicht er aus? Im Gegenteil: er stößt vor, faßt nach. Faßt nach der nomenklatorisch vernebelten Wirklichkeit. (Ein NS-Frauenschaftsauflauf wird bei ihm zur »atemlosen Versammlung der Gebärerinnen«.)

Heute genügt es nicht, ein Ding bei seinem Namen zu nennen; der trägt längst die Fälschung in sich. Nun heißt es, den Dingen neue, gültige Namen zu finden. Die Aufgabe des Schriftstellers ist ohne seit Generationen erlebten Vergleich. Johnson aber sieht sie noch erheblicher. In einem »Werkstattgespräch«, ansonsten bemerkenswert vorab durch eine Anzahl erheiternder Mißverständnisse, nennt er als besonders nötige Fähigkeit des Erzählers jene, »größere Wirklichkeitszusammenhänge oder gedankliche Zusammenhänge in vielen Schichten gleichzeitig im Kopf auseinanderzuhalten und ordnen zu können.« Man mag das nun Dialektik nennen – es ist Dialektik – oder nicht, je nach Bildungsgang und Geschmack. Auf jeden Fall ein ungeheurer Anspruch, ein Entschluß zu unversöhnlich, mit zäher oder auch »erbitterter Geduld« festgehaltener Spannung. An diese Hoch-Spannung vielleicht wäre zu denken, wenn ich mir den respektvollen Bogen zu erklären suche, den ich, dem gelassenen Johnson begegnend, dennoch um ihn zu schlagen pflege.

Norbert Mecklenburg

Vorschläge für Johnson-Leser der neunziger Jahre

Das Werk des großen, schwierigen Erzählers Uwe Johnson wird heute auf neue Weise aktuell und zugleich fremd. In Osteuropa und in der DDR haben demokratische Revolutionen eine jahrzehntelange kommunistische Herrschaft beendet. Endlich können Johnsons Bücher auch in dem Land verbreitet und gelesen werden, aus dem er kam und dem er den größten Teil seiner schriftstellerischen Arbeit gewidmet hat. Seine Werke lassen sich heute lesen und studieren als literarische Archäologie jenes deutschen Teilstaates, der mit den neunziger Jahren der Geschichte angehört. Das macht sie auf neue Weise aktuell. Mit dem Anschluß der DDR an Westdeutschland im Zeichen eines triumphierenden Konsumkapitalismus jedoch droht die Erfahrung der Differenz verlorenzugehen, die alle Werke Johnsons erfüllt. Deren unerbittliche epische Kritik an einem bürokratisch deformierten Sozialismus orientiert sich nirgendwo an einer Vorbildlichkeit westlicher Verhältnisse, vielmehr an der hartnäckig materialistischen, am Ende verzweifelt festgehaltenen Utopie einer Gesellschaft, die anders wäre als die gegenwärtig auf weltweite Herrschaft sich einrichtende. Das macht Johnsons Werke heute auf neue Weise fremd.

Fremd war dieser Autor breiteren Leserschichten seit je. Oberflächlicher Lektüre erschien seine Erzählweise als gewollt vertrackt und umstandskrämerisch, sein

Insistieren auf dokumentarisch exakter Wahrheitssuche als unpoetische Besserwisserei, seine unermüdliche erzählerische Arbeit an den Unheils- und Schuldzusammenhängen der jüngsten deutschen Geschichte als vergangenheitsfixiertes Moralisieren. Aktuell war er zeitlebens, also im Zeitalter der deutschen Teilung, als der »Dichter der beiden Deutschland«. Mit dieser Kritiker-Formel konnte man ihn »jagen«. Allein, sie bezeichnet ebenso genau wie grob ein thematisches Kernfeld von Johnsons literarischer Produktion. Mit seinen eigenen Worten, am Anfang und Ende des *Dritten Buchs über Achim*: Es kam ihm an »auf die Grenze: den Unterschied: die Entfernung«. Gemeint ist die deutsche Grenze zwischen zwei Teilstaaten, mittelbare Folge der verbrecherischen Politik des nationalsozialistischen Deutschen Reiches; der weltpolitische Unterschied zwischen zwei Systemen, die beide, in verschiedener Hinsicht, als »unrichtig« angesehen werden; die Entfernung, das Auseinanderleben und Fremdwerden von Menschen, die demselben Volk angehören und die gleiche Geschichte erlebt und erlitten haben.

Es gibt verschiedene Möglichkeiten, sich lesend dem schwierigen Autor Uwe Johnson anzunähern. Ihn produktiv lesen hieße, das Spannungsfeld von Aktualität und Fremdheit in seinen Büchern ausmessen. Da ist die zeitgeschichtliche Genauigkeit seiner überwiegend deutsch-deutschen Erzählstoffe. Da ist der unabgegoltene Problemgehalt seiner stummen Frage nach einer menschlich-gesellschaftlichen Lebensform, die anders wäre. Da ist vor allem die erzählerische Kunst, mit welcher diese Stoffe und dieser Gehalt vermittelt werden. Wie bringt man sich selbst oder anderen Johnsons Erzählwerk nahe? Man kann die kompositorisch schwierigen frühen Romane *Mutmassungen über Jakob* und *Das dritte Buch über Achim* und das Hauptwerk *Jahrestage* zunächst umgehen und erst kleinere Prosaarbeiten lesen. Dafür eignet sich die späte, unheimliche, Max Frisch gewidmete *Skizze eines Verunglückten*. Ebenso empfehlenswert ist die Ausgabe der Fragmente *Versuch, einen Vater zu finden* und *Marthas Ferien* mit Johnsons eigener Stimme auf Toncassette. In besonderem Maß geeignet ist die vorliegende Sammlung *Karsch, und andere Prosa*. Sie führt auf Nebenwegen ins Zentrum von Johnsons Erzählen.

Dieser Prosaband von 1964 enthält vier sehr kurze Erzählungen und eine sehr lange. Die drei Kurzgeschichten *Osterwasser*, *Beihilfe zum Umzug* und *Geschenksendung, keine Handelsware* gehören stofflich zu Johnsons erstem veröffentlichten Roman *Mutmassungen über Jakob*. Sie erzählen von Jakobs Freundin Gesine Cresspahl, der späteren Zentralfigur in *Jahrestage*: eine Episode über das dreizehnjährige Mädchen zu Ostern 1945 in der mecklenburgischen Kleinstadt Jerichow; zwei Skizzen über die komplizierten Beziehungen Gesines, die seit 1953 in Westdeutschland lebt, zu ihren Jerichower Bekannten jenseits der deutsch-deutschen Grenze. Die lange Erzählung *Eine Reise wegwohin, 1960* gehört stofflich aufs engste mit Johnsons Roman *Das dritte Buch über Achim* zusammen. Wie dort wird von einem mehrwöchigen Aufenthalt

des Hamburger Journalisten Karsch in der DDR berichtet, während dessen er den Versuch einer Biographie des Radrennfahrers Achim T. unternimmt und abbricht. Aber zusätzlich wird hier berichtet, welche Schwierigkeiten Karsch nach der Rückkehr bekommt, als er seine neugewonnene Ansicht über den ostdeutschen Staat vertritt. Der kleine Text *Jonas zum Beispiel* erzählt die Geschichte von dem biblischen Propheten Jona in parodistischer Verfremdung als moderne Parabel nach. Von diesem letzten und dem ersten Stück abgesehen, zeigt sich die Sammlung, wie die Mehrzahl von Johnsons Romanen, vom Thema der deutschen Teilung bestimmt.
Die künstlerische Eigenart des Johnsonschen Erzählens, das Spektrum seiner Schreibverfahren, läßt sich an diesen überschaubaren Texten exemplarisch studieren. Am meisten fällt, im Unterschied zum Jakob- und zum Achim-Roman, ein durchgehend präsenter Erzähler auf, der sogenannte auktoriale Erzähler, den Johnson, bei all seinen erzähltechnischen Rollen- und Versteckspielen, auch in seinem übrigen Werk niemals wirklich verabschiedet hat. Von diesem Erzähler aus, der das Heft immer fest in der Hand behält, entfaltet sich ein kennzeichnendes stilistisches Spannungsfeld. Die Erzählerstimme schaltet einblendungsweise, montageartig unvermittelt auf Figurenstimme um. In den schrift- und literatursprachlichen Diskurs, der manchmal ins altmodisch Gravitätische gerät, dringen die Stimmen der alltäglichen sozialen Welt ein, die anonymen regionalen und ideologischen Töne, die Redensarten und das Gerede. Typisch der archaisierende bi-

blische Ton als satirisches Verfremdungsmittel für die monologisch-autoritäre Stimme der kommunistischen Staatsmacht: »auf seinen kleinen Betrieb da waren unverhältnismäßige Behörden zugekommen und fingen an und sagten, er habe damit gesündigt an der Wirtschaft des Volkes«. Ebenso typisch jedoch die getreuliche Reproduktion dessen, was und wie die Leute reden: »du denkst dir wohl doch meine Enkelkinder, na legn Riegel Sch'lade zu.« Verfremdende Stilisierungen und Mimesis an Mündlichkeit – zwischen diesen beiden Polen bewegt sich der Johnsonsche Erzählton. Ein symptomatologischer Realismus verknüpft gezielt gewählte, scharf belichtete Details zu kritischen Konstellationen. Ein epischer Humor verwandelt die bedrückende Wirklichkeit in erzählte Gesten und Sprüche, komische Situationen und Anekdoten. Eine Kunst des topischen, d. h. an klaren gedanklichen Mustern orientierten Fügens, Verklammerns und Abrundens verbindet kurze, in sich durchorganisierte und relativ selbständige Texteinheiten reihend miteinander. In *Karsch* lesend, blicken wir in die Werkstatt eines Erzählers, der sich noch und gerade mit seinem vielhundertseitigen Epos *Jahrestage* als Meister der kleinen epischen Form erweist.

Osterwasser hat unter den Texten der Sammlung die höchste poetische Intensität, die größte atmosphärische Dichte – ein Musterstück der kleinen Form, eine exemplarische Kurzgeschichte. Frühling nach dem Krieg in der mecklenburgischen Provinz, die schlafende Kleinstadt Jerichow. Durch kühle, sehr norddeutsche Landschaft mit Erlenholz, Schilfwiesen und »Koppelschleeten« stakt frühmorgens ein mageres Mädchen, »Osterwasser« soll schön machen, sagt der Volksglaube. Die Geschichte hat idyllische Züge: Naturnähe, eine Wohnküche mit »Kacheltisch«, ein »Bischofsmützenturm«, ein grünes Samtkleid aus Großmutters Zeiten. Dagegen stehen scharf konturiert die Züge des Nachkriegselends: Hunger, einquartierte Flüchtlinge, Selbst- und Kindsmorde im Bruch, nahebei ein russisches Militärlager. Das naiv-abergläubische Abenteuer einer sommersprossigen Dreizehnjährigen wird plötzlich sehr gefährlich für Leib und Leben: Ein im Wald versteckter, verwilderter deutscher Soldat versucht sich an ihr zu vergehen. Im letzten Moment greift, in der Retterrolle des großen Bruders, Jakob ein und hilft Gesine sogar noch zu ihrem Osterwasser.

Das ist scheinbar recht locker, skizzenhaft hingetupft, mit vielen kleinen Sprüngen und Leerstellen. Das ist, bei genauem Lesen, sehr sorgsam durchgeplant und fugenfest gebaut. Ein episch-lyrisches Genrebild, eine dramatische Vergewaltigungs- und Zweikampfszene – diese Kontrastspannung wird erzählerisch versöhnt durch das humoristisch festgehaltene Titel-, Klammer- und Leitmotiv des Osterwassers: Nichts sprechen darf man, soll es wirken, und es muß vor Sonnenaufgang sein. Als Gesine von ihrem Bad im Wehr zurückkommt (ob sie wohl wirklich noch in Stimmung dafür gewesen sein sollte?), wird die Ostsee hell – die magische Frist ist um, die Sonne geht eben auf.

Weitere Motive spielen hinein in diese gestörte und

gerettete Idylle. Da ist die einfühlsame, diskrete Darstellung erwachender, erotisch noch unentfalteter Weiblichkeit: der Schönheitswunsch, die sinnliche Berührung mit Natur, das vieldeutige Katzenmotiv. Damit locker verbunden das Motiv des Hungers, die eingelöste Hoffnung auf gebratene Eier. Was aber mag auf das Konto einer doch wohl männlichen Phantasie des Erzählers gehen, der das Mädchen aus den Fängen des Verführers an die Hand des superbrüderlichen Beschützers zwingt? Was mag an der symbolischen Zuweisung des Vergewaltigungsmotivs an einen kaputten Wehrmachtsoldaten in einer von Sowjettruppen besetzten Szenerie auf das Konto eines erzählerischen Gerechtigkeitssinnes gehen, der an Eigensinn grenzt? So dicht das poetische Gewebe dieser kleinen Erzählung, so intensiv ihr zeitgeschichtlicher Gehalt, so offen ist sie für neue Lektüre, die solche kritischen Fragen einschließt.

Die beiden kurzen Texte *Beihilfe zum Umzug* und *Geschenksendung, keine Handelsware* gehören sehr eng zusammen. Gesine, seit Jahren im Westen lebend, gerät in Briefwechsel mit Jerichower Bekannten, als 1962 ihr Vater dort gestorben ist und sie zur Beerdigung nicht einreisen darf; darum wünscht sie sich »Zeugen«. Eine mögliche Zeugin ist Grete Selenbinder, »eine der mehreren Nenntanten Gesines«. Als deren über die Grenze gegangener Sohn es unterläßt, ihr in den Westen zu helfen, springt Gesine ein und leistet Tante Grete »Beihilfe zum Umzug«. Die Erzählung entwirft den zeitgeschichtlichen Hintergrund eines verordneten Sozialismus: Behörden, die im Interesse der »Wirtschaft des Volkes« private Kleinbetriebe zum Aufgeben zwingen und Rentner abschieben, nicht ohne ihnen die Ausreise durch bürokratische Schikanen zu erschweren. Den Vordergrund indessen bildet eine epische Fallstudie über provinziell-kleinbürgerliche Engherzigkeit. Gesines gute Tat vermag weder das gehässige Gerede über ihr Weggehen aus der Heimat zum Schweigen zu bringen noch die Mutter mit dem Sohn auszusöhnen, dem sie aus Besitzborniertheit einst die Liebschaft mit einem Flüchtlingsmädchen verdorben hatte. Denn die alte Selenbinder ist froh, nicht ihm, sondern nur Gesine »abbitten« zu müssen. Charakteristisch für Johnson, wie in diesem kleinen Text der ironische Akzente setzende Erzähler zugleich das Stimmenspektrum der Provinz, das Gerede der kleinstädtischen Verwandt- und Bekanntschaft, mimetisch in seinen Diskurs aufnimmt.

Ganz ähnlich angelegt ist die epische Skizze *Geschenksendung, keine Handelsware*. Der Titel zitiert die vorschriftsmäßige Formel des damaligen innerdeutschen Postverkehrs und spielt damit auf zeitgeschichtliche Verhältnisse an, richtiger: auf materielle und psychologische *Miß*verhältnisse zwischen den Bewohnern der Bundesrepublik, die sich in ihrem Wirtschaftswunder einrichteten, und den Ostdeutschen, die mit der ihnen verordneten Art von Wirtschaft »den Krieg bezahlten immer noch«. Der Kalte Krieg der ›Liebesgaben‹ (»Dein Päckchen nach drüben«), heuchlerische Kompensation dafür, daß die Regierung Adenauer die stets im Munde geführte deutsche Einheit von Anfang an hintertrieben hatte; östli-

che Gegenmaßnahmen gegen den mit der »Päckchenhilfe« erweckten richtigen Eindruck, »im Osten werde ein wenig mehr gehungert«; postalische und steuerpolitische Anpassung des westdeutschen Staates an diese Maßnahmen des ostdeutschen, den es angeblich gar nicht gab – all das hat Johnson auch in einem kritisch-dokumentarischen Paralleltext zu dieser Kurzgeschichte minuziös festgehalten (*Begleitumstände*, S. 381-391). Gesine versucht nach dem Tod ihres Vaters, Paketsendungen von Düsseldorf nach Jerichow, an die Leute, von denen ihr Vater »Briefe lang geschrieben hatte«, richtig zusammenzustellen. Dadurch sieht sie sich genötigt, die vermutbaren Reaktionen der Empfänger als ›innere Stimmen‹ zu antizipieren: die Alten, die Jungen, Pastorswitwe Brüshaver, Kern von der Tischlerinnung, Oll Klupasch, Jöche, Niebuhr, auch die Selenbinder – erneut also die regionale, kleinstädtische Stimmenvielfalt, humoristisch eingeblendet in eine Erzählung, die doch diskret indirekt von einer Trauerarbeit berichtet. Der Schluß schlägt bereits den nostalgischen Ton an, der dann in *Jahrestage* zu einem Leitmotiv der Gesine-Figur werden sollte: Der Paketwagen – so stellt sie sich vor – fährt am Friedhof vorbei, wo Cresspahl begraben liegt, auf dessen Torflügeln fahren die Enkel von Kern Halbkreise – »wie sie einmal, damals«.
Eine Reise wegwohin, 1960, der umfangreichste und, wie deren Titel anzeigt, Haupttext der Sammlung *Karsch, und andere Prosa*, ist zu zwei Dritteln eine kürzere, einfacher gebaute Parallelerzählung zu dem Roman *Das dritte Buch über Achim*. Das letzte Drittel

berichtet über das bittere Nachspiel der dreimonatigen DDR-Reise von Karsch: Kneipengespräche über die Reise, eine deprimierende Redaktionskonferenz, eine Fernsehsendung, die Karsch durch seine zornige Rede über Wiedervereinigungsphrasen und fällige Anerkennung der DDR zum Platzen bringt, eine polizeiliche Haussuchung mit dem Verdachtstitel Landesverrat, unter Mitnahme von Material, das Karsch acht Jahre Arbeit gekostet hat, seelische Erschütterung durch Wiedersehen seiner geschiedenen Frau, physischer Zusammenbruch (so wird man die markante Leerstelle füllen müssen), wochenlanger Klinikaufenthalt, Niederlassung und journalistische Arbeit in Italien.

In Unterschied zum Roman, der im Rahmen der Geschichte von Karschs Reise die Lebensgeschichte von Achim T. darbietet, richtiger: die Stücke von ihr, die der Journalist herausfindet, steht dieser ganz im Zentrum der Erzählung, genauer: seine krisenhafte Arbeits- und Lebenssituation, »angefangen mit seinem Gesundheitszustand«, der vom ersten Satz bis zum letzten Abschnitt ein wiederholt angeschlagenes Leitmotiv bildet. Gegen Ende des Textes gibt sich der Erzähler als einer von Karschens Hamburger Freunden zu erkennen, die den aus der BRD emigrierten Journalisten nicht mehr verstehen wollen, wegen vermehrter »Eigenheiten«, zu denen sie vor allem seine nonkonformistische Ansicht von der »Not der deutschen Teilung« zählen. Berichtet wird, parallel zum Achim-Roman, von Karschs Umgang mit Karin und Achim in der fremden sächsischen Stadt, von seinen Recherchen für eine Biographie Achims und ihrem

Scheitern an dessen Widerstand. Erzählt wird darüber hinaus von seiner wachsenden Offenheit für die ihm bisher unbekannte Wirklichkeit der DDR – bis hin zu einer unheimlichen »Empfindung von Dazwischen«. Unter den journalistischen Erkundungen und Fahrten ist – wie ausgewogen! – je ein Besuch in einem Lager mit westdeutschen und einem mit ostdeutschen Flüchtlingen. Dazwischen eingeschoben ein Besuch in Mecklenburg bei den »Schleusen-Niebuhrs«, denen wir auch in *Ingrid Babendererde* und in *Jahrestage* begegnen. Das ist eine nahezu selbständige Kurzgeschichte über die bedrückende Wiederbegegnung mit einem Ort und mit dem Mann, der 1945 dem jungen Deserteur Karsch Unterschlupf gewährt und damit wohl das Leben gerettet hatte – eine dicht komponierte epische Studie über Entfremdung als Folge der Teilung, aber auch von mitmenschlicher ›Vergeßlichkeit‹.

Die Erzählung hat mehrere thematische Schwerpunkte. Da sind Beschreibungen von Karschens journalistischer Arbeitsweise und seinem Berufsethos: »Demokratie, Berichtigung des Staatswesens, Kenntnis von der Verwendung der Steuer (...), Genauigkeit der Nachrichten«. Da ist das Registrieren von Symptomen sprachlicher Entfremdung zwischen Ost- und Westdeutschen: die Sprache der Grenzposten bereits, der Abstand von den »ungetümen Sätzen« und »eigenartigen Fremdworten« der Angestellten des Staates zu dem – für Karsch gleichfalls manchmal schwer verständlichen – »Reden der gewöhnlichen Leute«, die wechselseitigen Sprach- und Verstehensprobleme zwi-

schen Karsch und Achim. Da ist vor allem die an vielen Einzelheiten physiognomisch scharf und unbestechlich umrissene ostdeutsche Wirklichkeit: von dürftigem Hotelservice bis zu den Übergriffen des autoritären Regimes auf das Alltagsleben. Den thematischen Kern der Erzählung bildet das implizit vorgetragene Plädoyer gegen ideologische Vorurteile und für Wahrnehmungsbereitschaft, für Anerkennung der politischen und menschlichen Wirklichkeiten des geteilten Deutschland und der DDR »im erkenntniskritischen Sinn«. So ist die nüchterne Fallstudie über die Lebens- und Arbeitskrise eines Journalisten zugleich eine Exempelgeschichte: ›Karsch zum Beispiel‹. Indem die Erzählung an ihrer Figur einen Lernprozeß vorführt, appelliert sie an die Lernbereitschaft ihrer westdeutschen Leser von 1964. Wie sehr die journalistische und schließlich politische Haltung von Karsch der Sicht des Autors selbst entspricht, bezeugt ein unerbittlich ausführlicher Abschnitt in *Begleitumstände* (S. 338-392), wo Johnson mit dokumentarisch-grimmiger Exaktheit genau das getan hat, was er seiner Figur zuschreibt: »Zusammenstellen der Angebote, die die ostdeutsche Seite der abgewandten westdeutschen vorgetragen hatte, bis neuerdings eine deutsche Einheit nicht einmal mehr um Neutralität zu haben war«. (Wie aber sind die Karteikästen von Karsch aus den Fängen der Polizei in Johnsons Hände gelangt?)
Jonas zum Beispiel, das letzte Stück der Sammlung, die kürzende Paraphrase einer biblischen Prophetenlegende, ist eine leichthändig gemachte und doch ein wenig gezwungen wirkende Parodie – mehr in der Art

von Brechts uneingeschüchterten Ummontierungen als im ironischen Geist Thomas Mannscher biblischer Geschichten. Die Vorlage, das Buch Jona aus den ›Kleinen Propheten‹ des Alten Testaments, ist bei aller Archaik doch eine bereits spätzeitliche religiöse Weisheitsdichtung mit selbstparodistischen Zügen, eine Art von theologischer Unsinnspoesie, die durch slapstickhafte Wunderhäufung weniger den streikenden Propheten als seinen göttlichen Arbeitgeber der Lächerlichkeit preisgibt. Johnson hat den Text der Zürcher Bibel um alles allzu Theologische erleichtert und durch eine Reihe kleiner Veränderungen und Einschübe verfremdet, die man, je nach Geschmack, witzig, gewaltsam oder läppisch finden mag. Wenn er seinen zornigen Gott einen gewaltigen Wind ins Meer ›drücken‹ läßt, anstatt, wie es in der Vorlage heißt, aufs Meer zu ›werfen‹, dann ist aus psalmodierender Blumigkeit grobianische Derbheit geworden: Jehova gewissermaßen als dickärschiger Poseidon oder windlassender Gargantua – eine groteskkomische Figur. Die Heilige Schrift wird, im Ansatz, karnevalistisch-subversiv ›entmythologisiert‹.
Wo er es ernst meint, belehrt uns der Erzähler über den Typus des Propheten, des »Vorbedachten«: seine Seele sei »empfindlich und wissend und zweiflerisch«. So dürfen wir uns denn diesen Jonas zum Beispiel des modernen gesellschaftskritischen Intellektuellen machen, der die bekannten Schwierigkeiten mit dem Widerspruch von Theorie und Praxis und darum eine traurige Wahl hat: Er kann trotzig festhalten an der reinen Lehre, er kann in eine »moralische Schweiz«,

hier Tharsis genannt, zu fliehen versuchen oder in den Tod, er kann aber auch zum ›Klassenfeind‹ überlaufen. Der Intellektuelle gerät aus dem Dogmatismus eines übereifrigen Parteimannes – ihn verkörpert schon der biblische Jona – in den Schmollwinkel der Rechthaberei, weil er von der Macht, mit der er sich affiliiert hat, »wegen taktischer Schwankungen sitzengelassen« wird. So Johnsons eigene Deutung seiner skurrilen Parabel. Dieser Fingerzeig macht es leicht, diesen Jonas als *marxistischen* Intellektuellen zu identifizieren, diesen Jehova, in zweideutiger Doppelrolle, als ›Weltgeist‹ und als sozialistische Staatsmacht, sein Gesetz als dialektischen und historischen Materialismus, das Volk der Juden als die Länder des ›sozialistischen Lagers‹ und Ninive als den modernen Kapitalismus der westlichen Metropolen, der entgegen marxistischer Verkündigung seines »nahen Untergangs« rätselhaft lebensfähig zu sein scheint oder noch einmal Glück gehabt hat (aber, seit 1989, was für eines!). Die heutige Aktualität und Fremdheit des gesellschaftskritischen Schriftstellers und linken Intellektuellen Uwe Johnson erweist sich also auch an seiner *Jonas*-Erzählung, diesem unscheinbaren parodistischen Spielchen von vor mehr als dreißig Jahren.

Die Aufnahme der *Karsch*-Prosa durch die Kritik war sehr unterschiedlich. Zu dem alten, durch den Haupttext der Sammlung bestätigten Topos vom Dichter der deutschen Teilung kamen zwei neue hinzu, die später auch noch die Rezeption von *Jahrestage* mitprägen sollten: der Rückfall- und der Provinzialismus-Topos.

Art, Umfang und Zeitpunkt der Veröffentlichung, nach drei Jahren Publikationspause seit Erscheinen des Achim-Romans, drängten einigen Kritikern außerdem den Eindruck auf, es handle sich hier um verworfene Versuche, Resteverwertung, ein Stück »Nachlaß zu Lebzeiten«. Läßt man die abwertende Tendenz solcher Kennzeichnungen beiseite, dann bleibt die nüchterne Frage nach der Entstehung von Texten, die, abgesehen vom letzten, stofflich so eng mit dem Jakob- und dem Achim-Roman verflochten sind. Einiges spricht dafür, sich die zeitliche Folge der Entstehung umgekehrt zur Anordnung in der Buchausgabe zu denken: Das parodistische Spiel mit dem Buch Jona, das an ähnliche Streiche des Primaners Niebuhr in Johnsons Jugendwerk *Ingrid Babendererde* erinnert, könnte schon vor Mitte der fünfziger Jahre entstanden sein. Das Thema ›Intellektueller und Macht‹ weist auf Nähe zu *Mutmassungen*. »Schriftlich durchgenommen« wurde der Fall des »Ideologen« Jonas – so heißt es in *Begleitumstände* – im November 1957. Auch der Briefwechsel zwischen Uwe Johnson und Hans Mayer zeigt, daß der Text spätestens 1957 vorlag. Die Karsch-Erzählung wurde – vom Schlußteil wohl abgesehen – vermutlich nicht nach, sondern vor dem Achim-Roman, also 1959, geschrieben. Die ersten drei Prosastücke der Sammlung entstanden mit Sicherheit 1963.

Vergleicht man *Eine Reise wegwohin* genau mit dem Achim-Roman, so stößt man auf Unstimmigkeiten, die nicht zu einer Poetik der Parallelerzählungen passen, die den Realismuseffekt steigern würde. Da nur einige Episoden aus dem Roman auch in der *Reise* vorkommen, fragt man sich, warum gerade diese, warum dagegen wichtige Motive wie das Achim-Photo zum 17. Juni fehlen. Zu den unauffälligen, gleichwohl erklärungsbedürftigen Differenzen gehört die sechs Jahre zurückliegende Ehescheidung Karschs, die im Roman nicht vorkommt, statt dessen eine Trennung von Karin vor acht Jahren. Dazu gehört auch eine Frau Liebenreuth, die in der *Reise* »zum ersten Mal in ihrem alten Leben« Zimmerwirtin wird, im Roman jedoch bereits unbestimmt lange »von den Übernachtungen durchreisender Besucher« lebt. Der naheliegende Schluß lautet: *Eine Reise wegwohin, 1960* ist früher entstanden als die Druckfassung von *Das dritte Buch über Achim*, wahrscheinlich als einer der frühen Schreibansätze zu diesem Projekt, ganz ähnlich wie Johnson 1983 mit dem Projekt *Heute neunzig Jahr* auf eine Vorstufe seines bereits vollendeten Werks *Jahrestage* zurückgreifen wollte, den *Versuch, einen Vater zu finden*. Mit der nachträglichen Veröffentlichung von *Reise wegwohin* richtete sich der Autor, außer daß er damit einem vermutbaren Publikationsdruck Genüge tat, auch gegen einseitige, antikommunistische Lektüren seines Achim-Romans. Mit dieser Intention hat Johnson wohl 1963 das ältere Manuskript bearbeitet und ihm eine Fortsetzung hinzugefügt, die politischen Schwierigkeiten vorführend, die Karsch nach seiner Rückkehr im Westen bekommt und die denen des Autors genau entsprachen. Das mag erklären, warum Johnson selbst dann die *ganze* Erzählung als »Nachtrag« und »Exkurs« zum Achim-Roman bezeichnet hat. Keineswegs also handelt es sich bei *Eine Reise wegwohin* um eine bloße Materialskizze, vielmehr um einen eigenständigen, erzählerisch sorgfältig durchgeformten Text, der freilich im Schatten des komplexer angelegten Achim-Romans verbleibt.

Die drei Gesine-Geschichten sind nach Johnsons eigener Angabe 1963 entstanden. Hier wird am epischen Gewebe des Jakob-Romans und der Jerichow-Welt weitergesponnen, zeitlich jedoch in die Vor- und Nachgeschichte ausgreifend: Gesine nicht mehr 1956, sondern 1945 und 1962. In den beiden Kurzgeschichten, die 1962 spielen, bildet der Tod von Gesines Vater Heinrich Cresspahl den Ausgangspunkt. Das ist ebenso in einem zur gleichen Zeit entstandenen kurzen Prosatext, der in einem biographischen Abriß, mit dem wir die Keimzelle des späteren Hauptwerks *Jahrestage* vor uns haben könnten, »Neuigkeiten von Cresspahls Tochter« mitteilt. Da diese Skizze aber nur eine »Krücke von einem Lebenslauf« war, blieb sie ungedruckt. (Das Typoskript befindet sich im Nachlaß.) Sie und die gedruckten Gesine-Geschichten der *Karsch*-Sammlung markieren also den entstehungsgeschichtlichen Beginn von Johnsons epischer Ausarbeitung der Jerichow-Welt vom Früh- zum Spätwerk hin: Versuche, einen erzählerischen Zugang zu Jakobs Freundin Gesine zu finden. Diese Versuche wurden dann, vorläufig, wieder abgebrochen, weil Gesine ihrem »Genossen Schriftsteller« offenbar den Auftrag gab, ihr Nachdenken über das Leben ihres Vaters, ihren »Versuch, einen Vater zu finden«, für sie aufzuschreiben: die Lebensgeschichte Heinrich Cresspahls also – ein weiterer Baustein für *Jahrestage* –, die Johnson sich schon hatte »Mühe geben müssen, aus den *Mutmassungen* herauszuhalten«.

So gehören die Texte dieser Sammlung teils zum Frühwerk, teils ins Vorfeld des späteren Hauptwerks. Wenn in ihnen durchgängig, anders als in den beiden frühen Romanen, eine deutlich akzentuierende, auktoriale Erzählerstimme vorherrscht, so berechtigt das nicht, von Rückfall zu sprechen, von künstlerischer Regression auf konventionelles Erzählen. Dafür ist auch diese Prosa zu deutlich mit Hilfe der charakteristischen Johnsonschen Schreibverfahren modelliert, die von *Mutmassungen* bis zu *Jahrestage* konsequent ausgefeilt worden sind. Zu kurz greift auch der andere Kritiker-Topos einer nostalgisch-provinzialistischen Verengung, dessen Nachgeschichte bis in Nachrufe auf Johnsons Tod reicht und dessen nicht-öffentliche Vorgeschichte in dem vorstehend wieder abgedruckten Nachwort Guggenheimers angedeutet ist, das seinerseits ein bemerkenswertes Rezeptionszeugnis darstellt. Niemals grenzte etwas in Johnsons Werk an ›Heimatkunst‹ oder gar an ›Blut und Boden‹. Sein Regionalismus ist eine Dimension seines erzählerischen Realismus, seiner Intention, die Menschen nicht freischwebend, in der Luft, sondern »baben der Erde« zu zeigen, in Gegenden, »Lebensgebieten«. Gewiß, es mag bei Johnson auch einen leisen Hang zum ›einfachen Leben‹ geben, eine deutsch-protestantische Neigung, Innerlichkeit gegen Öffentlichkeit zu setzen, eine Vorliebe für altväterlich-humoristische Gebärden. Seine Erzählkunst indessen, wie sie sich an der *Karsch*-Prosa studieren läßt, besteht gerade auch darin, solchen Tendenzen in produktiver Spannung entgegenzuwirken.

Fremd mag diese Kunst auf manche Leser der neunziger Jahre wirken, jedoch nicht weil sie, wie frühere Johnson-Kritiker meinten, Utopie auf Mimesis zurücknähme, vielmehr weil sie in unbestechlich gewissenhafter Mimesis – heute vergangener – deutschdeutscher Verhältnisse der Utopie trauernd die Treue hält.

Inhalt

Uwe Johnson
Sein Werk im Suhrkamp Verlag

Begleitumstände. Frankfurter Vorlesungen. es 1019

Berliner Sachen. Aufsätze. st 249

Das dritte Buch über Achim. Roman. Leinen und st 169

Der 5. Kanal. es 1336

Ingrid Babendererde. Reifeprüfung 1953. Mit einem Nachwort von Siegfried Unseld. Leinen und st 1387

Jahrestage 1. Aus dem Leben der Gesine Cresspahl. August 1967 – Dezember 1967. Roman. Leinen

Jahrestage 2. Aus dem Leben der Gesine Cresspahl. Dezember 1967 – April 1968. Roman. Leinen

Jahrestage 3. Aus dem Leben der Gesine Cresspahl. April 1968 – Juni 1968. Roman. Leinen

Jahrestage 4. Aus dem Leben der Gesine Cresspahl. Juni 1968 – August 1968. Roman. Leinen

Kleines Adreßbuch für Jerichow und New York. Ein Register zu Uwe Johnsons Roman ›Jahrestage‹. Angelegt mit Namen, Orten, Zitaten und Verweisen von Rolf Michaelis

Jahrestage 1–4 in Kassette. 4 Bde. Mit dem ›Kleinen Adreßbuch‹. Leinen

Jahrestage. Aus dem Leben von Gesine Cresspahl. 4 Bde. im Schuber. es 1500

Karsch und andere Prosa. Nachwort von Walter Maria Guggenheimer. es 59

Mutmassungen über Jakob. Roman. Leinen, BS 723 und st 147

Porträts und Erinnerungen. Herausgegeben von Eberhard Fahlke. es 1499

Eine Reise nach Klagenfurt. st 235

Skizze eines Verunglückten. BS 785

Versuch einen Vater zu finden. Marthas Ferien. Tonkassette mit Textheft. Mit einem editorischen Bericht von Norbert Mecklenburg. es 1416

Zwei Ansichten. Leinen und st 326

Editionen, Nacherzählung

Max Frisch: Stich-Worte. Ausgesucht von Uwe Johnson. st 1208

Philipp Runge/Uwe Johnson: Von dem Fischer un syner Fru. Ein Märchen nach Philipp Otto Runge mit sieben kolorierten Bildern von Marcus Behmer und einem Nachwort von Beate Jahn. Mit einer Nacherzählung und einem Nachwort von Uwe Johnson. IB 1075

46/1/12.88

Uwe Johnson
Sein Werk im Suhrkamp Verlag

Zu Uwe Johnson

Johnsons ›Jahrestage‹. Herausgegeben von Michael Bengel. stm. st 2057

Uwe Johnson. Herausgegeben von Rainer Gerlach und Matthias Richter. stm. st 2061

»Ich überlege mir die Geschichte ...« Uwe Johnson im Gespräch. Herausgegeben von Eberhard Fahlke. es 1440

46/2/12.88

suhrkamp taschenbücher
Eine Auswahl

Abish: Wie deutsch ist es. st 1135
Achternbusch: Die Alexanderschlacht. st 1232
– Die Atlantikschwimmer. st 1233
– Das Haus am Nil. st 1394
– Wind. st 1395
Adorno: Erziehung zur Mündigkeit. st 11
Aitmatow: Dshamilja. st 1579
– Der weiße Dampfer. st 51
Alain: Die Pflicht, glücklich zu sein. st 859
Allende: Das Geisterhaus. st 1676
Anders: Erzählungen. st 432
Arendt: Die verborgene Tradition. st 303
The Best of H. C. Artmann. st 275
Augustin: Eastend. st 1176
Ba Jin: Die Familie. st 1147
Bachmann: Malina. st 641
Bahlow: Deutsches Namenlexikon. st 65
Ball: Hermann Hesse. st 385
Ball-Hennings: Briefe an Hermann Hesse. st 1142
Ballard: Billennium. PhB 96. st 896
– Die Dürre. PhB 116. st 975
– Hallo Amerika! PhB 95. st 895
– Der tote Astronaut. PhB 107. st 940
Barnet: Das Lied der Rahel. st 966
Barthelme: Moon de luxe. st 1503
Barthes: Fragmente einer Sprache der Liebe. st 1586
Baur: Überleben. st 1098
Becker, Jürgen: Gedichte. st 690
Becker, Jurek: Aller Welt Freund. st 1151
– Bronsteins Kinder. st 1517
– Jakob der Lügner. st 774
– Schlaflose Tage. st 626
Beckett: Der Ausgestoßene. L'Expulsé. The Expelled. st 1006
– Endspiel. st 171
– Glückliche Tage. Happy Days. Oh les beaux jours. st 248
– Malone stirbt. st 407
– Mercier und Camier. st 943
– Molloy. st 229
– Warten auf Godot. st 1
– Watt. st 46
Behrens: Die weiße Frau. st 655
Beig: Hermine. st 1303
– Hochzeitslose. st 1163
– Rabenkrächzen. st 911
Benjamin: Angelus Novus. st 1512
Deutsche Menschen. Eine Folge von Briefen. st 970
– Illuminationen. st 345
Benjamin / Scholem: Briefwechsel 1933-1940. st 1211
Berkéwicz: Adam. st 1664
– Josef stirbt. st 1125
Bernhard: Alte Meister. st 1553
– Amras. st 1506
– Beton. st 1488
– Die Billigesser. st 1489
– Holzfällen. st 1523
– Ja. st 1507
– Korrektur. st 1533
– Der Stimmenimitator. st 1473
– Stücke 1-4. st 1524-1554
– Ungenach. st 1543
– Der Untergeher. st 1497
– Verstorung. st 1480
– Watten. st 1498
Bioy Casares: Morels Erfindung. PhB 106. st 939

265/1/6.89

265/2/6.89

suhrkamp taschenbücher
Eine Auswahl

Federspiel: Paratuga kehrt zurück. st 843
Feldenkrais: Bewußtheit durch Bewegung. st 429
– Die Entdeckung des Selbstverständlichen. st 1440
Fleißer: Abenteuer aus dem Englischen Garten. st 925
– Ein Pfund Orangen. st 991
– Eine Zierde für den Verein. st 294
Franke: Der Atem der Sonne. PhB 174. st 1265
– Endzeit. PhB 150. st 1153
– Keine Spur von Leben. PhB 62. st 741
– Tod eines Unsterblichen. PhB 69. st 772
– Zone Null. PhB 35. st 585
Freund: Drei Tage mit James Joyce. st 929
Frisch: Gesammelte Werke in zeitlicher Folge. 7 Bde. st 1401-1407
– Andorra. st 277
– Herr Biedermann und die Brandstifter. Rip van Winkle. st 599
– Homo faber. st 354
– Mein Name sei Gantenbein. st 286
– Der Mensch erscheint im Holozän. st 734
– Montauk. st 700
– Stiller. st 105
Fromm / Suzuki / de Martino: Zen-Buddhismus und Psychoanalyse. st 37
Fühmann: 22 Tage oder Die Hälfte des Lebens. st 463
– Bagatelle, rundum positiv. st 426
Fuentes: Nichts als das Leben. st 343
Gabeira: Die Guerilleros sind müde. st 737
Gandhi: Mein Leben. st 953
García Lorca: Dichtung vom Cante Jondo. st 1007
– Das Publikum. Komödie ohne Titel. st 1207
Gauland: Gemeine und Lords. st 1650
Genzmer: Manhattan Bridge. st 1396
Ginzburg: Caro Michele. st 853
– Mein Familien-Lexikon. st 912
Goetz: Irre. st 1224
Goytisolo: Johann ohne Land. st 1541
– Rückforderung des Conde don Julián. st 1278
Gulyga: Immanuel Kant. st 1093
Handke: Die Angst des Tormanns beim Elfmeter. st 27
– Der Chinese des Schmerzes. st 1339
– Das Ende des Flanierens. st 679
– Kindergeschichte. st 1071
– Langsame Heimkehr. st 1069
– Die Lehre der Sainte-Victoire. st 1070
– Die linkshändige Frau. st 560
– Die Stunde der wahren Empfindung. st 452
– Über die Dörfer. st 1072
– Wunschloses Unglück. st 146
Hart Nibbrig: Spiegelschrift. st 1464
Hesse: Gesammelte Werke. 12 Bde. st 1600
– Berthold. st 1198

265/3/6.89

suhrkamp taschenbücher
Eine Auswahl

Hesse: Casanovas Bekehrung und Pater Matthias. st 1196
– Demian. st 206
– Gertrud. st 890
– Das Glasperlenspiel. st 79
– Innen und Außen. st 413
– Karl Eugen Eiselein. st 1192
– Klein und Wagner. st 116
– Kleine Freuden. st 360
– Klingsors letzter Sommer. st 1195
– Knulp. st 1571
– Die Kunst des Müßiggangs. st 100
– Kurgast. st 383
– Ladidel. st 1200
– Der Lateinschüler. st 1193
– Legenden. st 909
– Die Morgenlandfahrt. st 750
– Narziß und Goldmund. st 274
– Die Nürnberger Reise. st 227
– Peter Camenzind. st 161
– Robert Aghion. st 1379
– Roßhalde. st 312
– Schön ist die Jugend. st 1380
– Siddharta. st 182
– Der Steppenwolf. st 175
– Unterm Rad. st 52
– Der vierte Lebenslauf Josef Knechts. st 1261
– Walter Kömpff. st 1199
– Der Weltverbesserer und Doktor Knölges Ende. st 1197
– Der Zyklon. st 1377
Hildesheimer: Das Ende der Fiktionen. st 1539
– Marbot. st 1009
– Mitteilungen an Max über den Stand der Dinge. st 1276
– Mozart. st 598
– Die Theaterstücke. st 1655
Hohl: Notizen. st 1000
Horváth: Gesammelte Werke. 15 Bde. st 1051-1065
– Italienische Nacht. st 1053
– Geschichten aus dem Wiener Wald. st 1054
– Glaube Liebe Hoffnung. st 1056
– Don Juan kommt aus dem Krieg. st 1059
– Jugend ohne Gott. st 1063
– Ein Kind unserer Zeit. st 1064
Hrabal: Erzählungen, Moritaten und Legenden. st 804
– Harlekins Millionen. st 1615
– Das Städtchen am Wasser. st 1613-1615
Hürlimann: Die Tessinerin. st 985
Hughes: Ein Sturmwind auf Jamaika. st 980
Im Jahrhundert der Frau. st 1011
Innerhofer: Die großen Wörter. st 563
– Schöne Tage. st 349
Inoue: Die Eiswand. st 551
– Der Stierkampf. st 944
Janker: Zwischen zwei Feuern. st 1251
Johnson: Berliner Sachen. st 249
– Das dritte Buch über Achim. st 169
– Ingrid Babendererde. st 1387
– Mutmassungen über Jakob. st 147
– Eine Reise nach Klagenfurt. st 235
Jonas: Materie, Geist und Schöpfung. st 1580
– Das Prinzip Verantwortung. st 1085
Joyce: Anna Livia Plurabelle. st 751

265/4/6.89

suhrkamp taschenbücher
Eine Auswahl

T. S. Eliots Joyce-Lesebuch. st 1398
Kaminski: Herzflattern. st 1080
– Nächstes Jahr in Jerusalem. st 1519
Kaschnitz: Jennifers Träume. st 1022
– Kein Zauberspruch. st 1310
– Liebesgeschichten. st 1292
Kirchhoff: Mexikanische Novelle. st 1367
– Ohne Eifer, ohne Zorn. st 1301
Koch: Der Prozeß Jesu. st 1362
– See-Leben. st 783
Koeppen: Amerikafahrt. st 802
– Angst. st 1459
– Die elenden Skribenten. st 1008
– Die Mauer schwankt. st 1249
– Tauben im Gras. st 601
– Der Tod in Rom. st 241
– Das Treibhaus. st 78
Kolleritsch: Gedichte. st 1590
Konrád: Der Besucher. st 492
– Der Komplize. st 1220
Kracauer: Die Angestellten. st 13
– Kino. st 126
– Das Ornament der Masse. st 371
Kraus: Band 1: Sittlichkeit und Kriminalität. st 1311
– Band 2: Die chinesische Mauer. st 1312
– Band 3: Literatur und Lüge. st 1313
– Band 5/6: Weltgericht I/Weltgericht II. st 1315/1316
– Band 7: Die Sprache. st 1317
– Band 8: Aphorismen. st 1318
– Band 10: Die letzten Tage der Menschheit. st 1320
Karl-Kraus-Lesebuch. st 1435
Kroetz: Der Mondscheinknecht. st 1039
– Der Mondscheinknecht. Fortsetzung. st 1241
– Stücke I-IV. st 1677- 1680
Kühn: Der Himalaya im Wintergarten. st 1026
– Die Kammer des schwarzen Lichts. st 1475
– Und der Sultan von Oman. st 758
Kundera: Das Buch vom Lachen und vom Vergessen. st 868
– Das Leben ist anderswo. st 377
Laederach: Nach Einfall der Dämmerung. st 814
– Laederachs 69 Arten den Blues zu spielen. st 1446
– Sigmund oder Der Herr der Seelen tötet seine. st 1235
Lao She: Die Stadt der Katzen. PhB 151. st 1154
Least Heat Moon: Blue Highways. st 1621
Lem: Also sprach GOLEM. PhB 175. st 1266
– Die Astronauten. PhB 16. st 441
– Frieden auf Erden. PhB 220. st 1574
– Der futurologische Kongreß. PhB 29. st 534
– Das Katastrophenprinzip. PhB 125. st 999
– Lokaltermin. PhB 200. st 1455
– Memoiren, gefunden in der Badewanne. PhB 25. st 508
– Robotermärchen. PhB 85. st 856
– Sterntagebücher. PhB 20. st 459

265/5/6.89

suhrkamp taschenbücher
Eine Auswahl

Lem: Waffensystem des 21. Jahrhunderts. PhB 124. st 998
Lenz, H.: Die Augen eines Dieners. st 348
– Ein Fremdling. st 1491
– Der Kutscher und der Wappenmaler. st 934
– Neue Zeit. st 505
– Der Tintenfisch in der Garage. st 620
– Der Wanderer. st 1492
Leutenegger: Gouverneur. st 1341
– Ninive. st 685
Lezama Lima: Paradiso. st 1005
Lovecraft: Azathoth. PhB 230. st 1627
– Der Fall Charles Dexter Ward. PhB 8. st 391
– Stadt ohne Namen. PhB 52. st 694
Majakowski: Her mit dem schönen Leben. st 766
Mayer: Außenseiter. st 736
– Ein Deutscher auf Widerruf. Bd. 1. st 1500
– Ein Deutscher auf Widerruf. Bd. 2. st 1501
– Georg Büchner und seine Zeit. st 58
– Thomas Mann. st 1047
Mayröcker: Die Abschiede. st 1408
– Ausgewählte Gedichte. st 1302
Meier, G.: Toteninsel. st 867
Meyer, E. Y.: In Trubschachen. st 501
– Ein Reisender in Sachen Umsturz. st 927
– Die Rückfahrt. st 578
Miller: Am Anfang war Erziehung. st 951
– Bilder einer Kindheit. st 1158
– Das Drama des begabten Kindes. st 950
– Du sollst nicht merken. st 952
Miłosz: Verführtes Denken. st 278
Mitscherlich: Ein Leben für die Psychoanalyse. st 1010
– Massenpsychologie ohne Ressentiment. st 76
– Thesen zur Stadt der Zukunft. st 10
Morshäuser: Die Berliner Simulation. st 1293
– Blende. st 1585
Moser: Gottesvergiftung. st 533
– Grammatik der Gefühle. st 897
– Kompaß der Seele. st 1340
– Lehrjahre auf der Couch. st 352
– Stufen der Nähe. st 978
Muschg: Albissers Grund. st 334
– Baiyun oder die Freundschaftsgesellschaft. st 902
– Entfernte Bekannte. st 510
– Fremdkörper. st 964
– Gegenzauber. st 665
– Im Sommer des Hasen. st 263
– Das Licht und der Schlüssel. st 1560
Museum der modernen Poesie. st 476
Neruda: Liebesbriefe an Albertina Rosa. st 829
Nizon: Canto. st 319
– Im Hause enden die Geschichten. st 431
Nossack: Aus den Akten der Kanzlei Seiner Exzellenz. 4. 4. st 1468
– Begegnung im Vorraum. st 1177

265/6/6.89

265/7/6.89

265/8/6.89